2019年山西省高等学校科学研究优秀成果培育项目（编号：2019SK013）
国家哲学社会科学基金一般项目（编号：17BYY198）
2018年山西省高等学校优秀青年学术带头人支持计划

长治市委宣传部"浊漳流馨"系列丛书重点资助项目

新时期晋东南作家的创作维度与精神向度

The Creative Dimension and Spiritual Dimension of the Southeastern Jin Writers in the New Period

赵栋栋 等著

中国社会科学出版社

图书在版编目（CIP）数据

新时期晋东南作家的创作维度与精神向度 / 赵栋栋等著 . —北京：中国社会科学出版社，2019.10
ISBN 978 – 7 – 5203 – 5071 – 6

Ⅰ.①新⋯　Ⅱ.①赵⋯　Ⅲ.①作家评论—山西—当代
Ⅳ.①I206.7

中国版本图书馆 CIP 数据核字（2019）第 204078 号

出 版 人	赵剑英	
责任编辑	宋燕鹏	
责任校对	郝阳洋	
责任印制	李寡寡	

出　　版	中国社会科学出版社
社　　址	北京鼓楼西大街甲 158 号
邮　　编	100720
网　　址	http://www.csspw.cn
发 行 部	010 – 84083685
门 市 部	010 – 84029450
经　　销	新华书店及其他书店
印　　刷	北京明恒达印务有限公司
装　　订	廊坊市广阳区广增装订厂
版　　次	2019 年 10 月第 1 版
印　　次	2019 年 10 月第 1 次印刷
开　　本	710×1000　1/16
印　　张	10.5
字　　数	169 千字
定　　价	58.00 元

凡购买中国社会科学出版社图书，如有质量问题请与本社营销中心联系调换
电话：010 – 84083683
版权所有　侵权必究

总　　序

茹文明

　　浊漳河是长治的母亲河，是长治境内一条主要河流。"上党诸水，以漳为宗。况今合卫北流，直达天津。国家漕储四百万，赖以接济灌输。其功匪细。"[1] 流经长子县、长治郊区、屯留县、和顺县、榆社县、襄垣县、武乡县、黎城县、潞城市、平顺县、涉县十一县（市、区），自古以来就是运输、灌溉的重要依靠，成为民众生产生活、思想文化、精神寄托的重要依靠，为这一区域民众带来了巨大的便利，是民众生活不可缺少的组成部分。史籍称"浊漳自鹿谷发源，东流，经县治南，又东入长治界。折而北，经屯留潞城界，入襄垣。至县治东北隅，又折而东，入黎城界。掠潞城之北，东入平顺界。出太行，达河南彰德府界"[2]，清漳"出上党沾县大黾谷"，至河北涉县合漳村与浊漳合流，入海河，汇入渤海。

　　浊漳河有三个源头。南源之房头村，位于发鸠山脚下。据史籍记载："发鸠山，在县西五十里。《山海经·神囷之山》：'又北二百里曰发鸠之山。其上多柘木，有鸟焉。其状如乌，文首，白喙，赤足，名曰精卫，其鸣自詨，是炎帝之少女，名曰女娃。女娃游于东海，溺而不返，化为精卫，常衔西山木石以堙东海。'漳水出焉，东流注于河。"[3] 浊漳西源之漳源村，位于沁县"西北三十五里……有泉汇为巨浸，东南流至镇与花山水合，故是镇一名交口，南行会北河固益诸溪涧水其流益

---

[1]　顺治《潞安府志》卷一《天文志·地理二·山川》。
[2]　同上。
[3]　嘉庆《长子县志》卷二《山川》。

大,至州城北郭外,小河水入焉。又一里经州城西郭澄清,赤龙二池水来注,又南流二十里合后泉水,又三十里至万安山之北,会铜鞮水,是为本州诸水总汇之处,东南入潞安府襄垣县界"①。浊漳北源发源于和顺县八赋山西麓,"名小漳水,流经榆社县,合黄花岭水,至武乡县西五里合涅水,至襄垣县东北合浊漳。"②

浊漳河区域至今发现的考古遗存,最早显示为新石器时代中期,武乡县石门乡牛鼻子湾发现的石磨盘和石磨棒被认为是磁山文化的遗物。自此之后,考古文化不断增多,"据粗略统计,该地区发现并见诸报道的仰韶文化遗存地点有38处,庙底沟二期文化地点52处,龙山文化地点56处。"③夏、商以来的遗址、遗物更是屡见不鲜,成为这一区域最早人类生活的见证。

在先民的生产、生活过程中,在人们与大自然交流、合作的过程中,产生了大量优美的神话、传说、故事。神农稼穑自古流传,各地至今仍保存有炎帝庙宇、碑刻。其女名曰精卫,自小于东海游而不归,后发誓填海,故事情节凄美动人,表达了人们向自然作斗争的决心和勇气。后羿射日的故事也流传于屯留、长子等地。在平顺县浊漳河畔流传着大禹治水的故事,后人为了纪念大禹的功劳,修建了庙宇,至今仍得到人们的祭拜。牛郎织女的故事亦在沁县一带长久流传。"太古前里池头村有柴氏兄弟同爨业耕,一日弟往田,牛忽作人言,言其兄嫂饮食事,弟诧取农具往瞩之,三往三验。已而兄弟将析居,牛谓弟曰:'尔若得我,必济于尔。'其弟果得牛,牛曰:'七月七日有仙女解衣来浴池中,尔于第七女衣试藏之,即尔妻也。'竟如其言,产男女各一。后女求衣,问牛,弗许。恳之再四,得衣而去。其夫乘牛往逐之,女取钗画地成河,遂不得度。女曰:'吾上方织女星也,今与尔缘断矣。欲再会,必来年七夕。'至今河池尚有遗迹。"④襄垣、武乡、黎城、长治等地流传的昭泽王的故事,则更是本地域的特色民间信仰,具有较强的生

---

① 乾隆《沁州志》卷一《山川》。
② 民国《和顺县志》卷一《山川》。
③ 中国国家博物馆、山西省考古研究所、长治市文物旅游局编著:《浊漳河上游早期文化考古调查报告》,科学出版社2015年版,第4页。
④ 乾隆《沁州志》卷九《灾异》。

命力与吸引力。这些故事在历史的传承中逐渐沉淀下来，成为人们心灵上的承载，成为人们至今思索生活、探索人生的思想来源。丰富的历史资料，为人们解决问题提供了源源不断的思想资源。

这些故事涵盖着民众的愿望，他们将自己的认识融于故事一代一代流传下来。其中既有他们的畏惧，亦有他们的期望。还有大量的仪式与民俗，至今仍影响着民众的生活。并且成为他们丰富的精神财富，成为他们劳作之余的放松。在这些仪式中，民众通过不断的交流与沟通，彼此之间情感更加融合，对故事的理解亦逐渐深入，甚至于成为生活的重要组成部分。吵吵闹闹、争争夺夺，透视着他们的期许与向往。

人们生于此、长于斯，用自己独有的表述方式记录下这些内容。方言，成为人们解读故事的基本工具，每一个音节的表达、每一个词语的流露，都体现出民众的心情。不仅如此，他们还将这些记忆通过碑刻的方式世代保存，流传到今天，成为他们思想和意识最好的记载。使得这片土地上的文化有了生机，成为灵动的符号，随着滔滔漳河水日夜抒发。我们的任务就是要把它听懂，把它记载下来，不断传承，留给后人。

为了生活，民众在此聚居，修建了房屋、沟渠、庙宇，形成了鳞次栉比、错落相间的村落，分布于山间溪畔。啾啾鸟鸣、淙淙水声、花开燕舞，构成了浊漳河流域独特的民众生活画卷。一件件柱头斗拱，一块块木雕石舫，一副副牌匾楹联，一方方石刻壁画，无不展示了民众的思想和智慧。目前，长治市拥有国家级文物保护单位66处，在全国同级别行政区域中遥遥领先。吸引了众多的学者、游客，他们每每游历于此，不免感慨万千，赞不绝口。这些既像淋漓酣畅的世外桃源，又是实实在在的生活过程。

20世纪30年代，日军发动了大规模的侵华战争，将中国人民带入了水深火热之中。中国军民同仇敌忾，与敌人进行了浴血奋战。就在浊漳河畔，义门、寨上、北村、砖壁、王家峪等成为八路军总部的驻扎地，指挥着华北和全国的抗战。在这块土地上，不仅有硝烟弥漫、战火连天的战争景象，更有军民鱼水、互帮互助的动人情谊，故居、战场、纪念碑成为历史最好的明证。

新中国成立之后，浊漳河畔也成为社会主义建设的典型。一代劳模申纪兰、李顺达成为时代的符号，他们的精神一直激励着后人不断前行，在改革开放的大潮中仍然砥砺前行。随着新农村建设的推进，乡村也发生了巨大改变，一批新的田园乡村、小康乡村纷纷展现在世人面前。悠闲舒适的田园生活，热情浪漫的新时代村民招徕了远方观光的游人。

这些动人的故事、历史记忆、文化事象都需要我们不断传承。时代将重任落在我们肩上，我们就有责任和意识挑起重担，为传承漳河文明做出自己应有的贡献。

长治学院位于长治市区，距著名的漳泽水库不及10公里，林木荫茂，绿草丛生，长廊蜿蜒，小路幽深，万名学子，荟聚于此。多年来，我校一直坚持"以教学为本，以科研立校"的理念，于2002年成立了上党文化研究所，主要致力于区域社会的研究。2004年升本之后，加大了对科研方面的投入，并予以政策支持。先后成立了赵树理研究所、方言研究所、太行山生态与环境研究所、彩塑壁画研究所、比较政治与地方治理研究所等多个科研机构。2010年12月，在省教育厅的大力支持下，成立了山西省高校人文社科重点研究基地"太行山生态与旅游研究中心"，这既是时代赋予我们的机会，亦是我校学科整合的重要手段，表明了我们在科研上不断追求的信心和决心。

随着我省对高校建设的重视，开始实施"1331"工程。我校在此政策的推动下，响应上级号召，逐渐出台了校级"1331"工程建设规划。2016年，正式启动"浊漳流馨"丛书计划。这一套丛书的撰写，是我校多年来学科整合的结果，是多年来科学研究方向的凝练，是众多教师发挥大学功能、理论联系实际的重要结晶。同时，亦向社会表明，我校教师不仅重视学术研究，更关注服务社会，在这一亩三分地上，我们要做好自己的工作，要向社会负责。

"浊漳流馨"丛书撰写工作，是一个系列工程，我们计划每辑五本，不断推出新的成果。我相信，长治学院及长治学院人，有能力将此项工作不断传承下去，为地域社会研究尽绵薄之力。

前　　言

谈及山西的文学创作，始终绕不开晋东南作家。无论承认与否，晋东南作家面前始终有一座叫作赵树理的"大山"横亘。这座"大山"既为其身后的晋东南作家们提供着足够的养分，又永远地成为其身后的晋东南作家们的"焦虑"。本书所研究的七位作家赵瑜、葛水平、郭俊明、宋福聚、刘潞生、聂尔、索鹏祥皆置身于上述之汲取与焦虑的语境之中。

七位作家，与赵树理相同，其创作呈现出了与现实生活的紧密联系，强调现实性，重视普通民众接受的特点。他们的文本非常强调生动地描写普通民众的生活。这样的文学书写，正如杜学文先生在《文学的百年流变——从山西的文学发展看百年中国文学的演变》中所言的"在不自觉之间解决了新文学如何让大众接受认可的问题"。就其创作立场而言，七位作家虽是作为民众中的"有文化者"而存在，但其出身是与晋东南普通民众生活在一起，其情感、立场是与普通民众相一致的。这样的经历、情感和立场就决定了他们能够将自我所熟悉的民众生活用文学的形式表现，但这些作家的立场与价值绝不仅于此。就创作技巧而言，七位作家深受赵树理的影响，非常注意吸收和采纳中国传统主导文化文本、精英文化文本和民间文化文本的创作技巧。在其叙事中非常强调故事情节的巧妙构架和人物性格的生动凸显。这样做的好处在于读者在接受文本的过程中，能够非常容易地搞清楚自己是在读一个什么故事，自己能从中弄懂什么问题。加之，作家们的语言大多是民众耳熟能详的日常生活语言，能指和所指对应性极强，就可读性而言是普通读者可以接受的。就其文学语言而言，七位作家也深受赵树理文本的影响。赵树理通过其文本创作，不仅使现代汉语更规范典雅、明晰易懂，且在充分汲取民间语言的基础之上增强了现代汉语的表现力，保持了其鲜活生动的品格。这一点是赵树理的突出贡献（杜学文语）。作为后辈的作家们学习并创新这样的语言对于自身的文学道路的通达是大有裨益的。学习赵树理式的文学语言对于立志书写大众喜爱的文学文本，解决文学与大众的关系问题，非常有好处的。这其实是中国当代文学作家们所面临的走向民众、走向社会，使民众接受当代文学所必须深入思考的问题。但是，我们认为，上述七位作家在文本语言的独特性问题上解决得不好，这是他们应该注意的问题。以上所言，是本书所涉及的七位作家可以从赵树理身上汲取的营养。

"焦虑"在他们身上也是应该存在的，主要呈现为三方面：第一方面是对于读者是否接受自己文学文本的"焦虑"；第二方面是自己的文本与创作语境是否相适应的"焦虑"；第三方面才是如何面对和超越赵树理的"焦虑"。

第一方面的"焦虑"是所有作家共有的。赵树理解决这种"焦虑"的途径是可供参考的。在中国新文学的文本创作中，赵树理自觉地意识到了新文学被大众接受的问题，于是立志要写那些能够让民众喜欢的作品，因而较好地解决了新文学的"民族化、大众化"的问题。所以才推动新文学走向民众、走向社会，使其拥有了更为广泛的生存与发展的社会文化基础。而在本书所研究的七位作家中，只有宋福聚可以处理这种"焦虑"，但是他的处理是依靠了创作体裁的转型。宋福聚创作起步之初是历史题材小说。他的最新一部小说是创作于2010年的《赵氏孤儿》。之后其创作的中心转移到了电视剧本，对小说再无多少涉猎。在电视剧本创作中，宋福聚虽然依旧固守了历史题材，创作了《光影》《霍去病》等文本，也收获着一定数量的普通电视观众，但是这种收获更多的是文本媒介之功。而其他六位作家一直固守着传统体裁中的小说、散文创作，他们的文本影响力只能是停留于爱好者与研究者圈子中，可是这个圈子并不大。他们并没有办法达到赵树理的影响力水平。原因虽可说是多方面的，但是其中必然包含着当下中国当代多元化文化对作家创作的深远影响这一维度，这是赵树理从来不曾遇到过的。

德国哲学家卡西尔（ErnstCassier，1874—1945年）认为：文化是人类创造和运用的符号形式的领域，包括神话、宗教、语言、艺术、历史和科学等形态，它主要处理人类生存的意义问题。也就是说，文化是人类的符号表意系统，人类通过自己创造的符号系统去表达意义。而文化是一个历史性概念，每个民族的特定历史时段都有其独特的文化状况。一定时段的文化应是一个容纳多重层面并彼此形成复杂关系的结合体（并不一定就是统一的整体）。而就中国目前的情形来说，这种容纳多样的文化结合体往往有四个层面或类型：一是主导文化，即以群体整合、秩序安定和伦理和睦等为核心的文化形态，代表政府及各阶层群体的共同利益，这是当前中国文化与西方文化不同的一个重要方面；二是高雅文化，代表占人口少数的知识界的个体理性沉思、社会批判或美学探索旨趣；三是大众文化，运用现代大众传播媒介制作而成，尤其注重满足数量众多的普通市民的日常感性愉悦需要；四是民俗文化，代表更底层的普通民众的出于传统的自发的通俗趣味。从文化价值看，这四个层面之间本身是无所谓高低之分、贵贱之别的，关键看具体的文化过程或文化作品本身如何。每一层面都可能存在优秀或低劣作品，无论是主导文化和高雅文化，抑或大众文化和民俗文化。

赵树理时代，我国文化类型相对而言不仅比较单一，且主导文化与精英文化互渗明显。也许，在那个时代，识字的人在自己闲暇时会主动手捧一本小说来阅读，也可能和自己身边的人彼此交流共同读过的那部小说的人物形象或心得感受，甚至可能给自己的子女讲述自己读过的小说故事。但是在当下，闲暇时有时间阅读小说的人已经成了少数，看电视、看电影、浏览网页、看抖音是多数人的娱乐选择。也就是说，大众文化对当下人们生活的影响太大了！

文化类型的多元要求文本创作的多元。作家在文学书写的过程中需要考虑自己文本的文化类型问题。这是第二方面的焦虑。如何抉择自己文本的文化类型？如何选择自己文本的书写内容？如何吸引读者阅读意愿？这些问题恐怕是在作家们"写"之前就需要注意到的，也不是一句短短的"时代不同了，由读者去吧！"的话语可以掩盖掉其无奈的。这里涉及了作家的生存问题。

作家们，不只是本书涉及的七位作家，其文本写作就必须面对上述类型的文化，其中特别是大众文化。在《大众文化导论》中，王一川先生认为大众文化拥有六个特征：第一，大众媒介性，利用现代大众传播媒介成批地制作和传输大量信息并作用于大量受众，是所有大众文化的一个基本特征；第二，商品性，大众文化本身就是一种文化商品，是当今消费文化的一部分；第三，流行性，大众文化可以在吸收其他文化的基础上创造出原创性新模式，随即迅速地通过批量化生产而流行，在一定时段的一定公众群体中风行开来，形成时尚潮流；第四，类型性，大众文化是按照固定的种类或类属的模型打造的；第五，娱乐性，大众文化总是追求广义上的娱乐效果，使公众的消费、休闲和娱乐渴望获得轻松的满足；第六，双向互动性，大众文化依赖国际互联网现代大众传媒平台、电影电视传统媒体平台和移动网络新兴媒介平台实现传者与受者之间的双向互动传播。

作家们如何面对大众文化对阅读群体的吸引和分流？当然，每一个作家都可以坚守对主导文化或精英文化的传播。这种立场也是笔者喜爱和钦佩的。我们当下的社会确实需要一部分坚守着冷静的观察者、理性的沉思者和冷峻的批判者。但是这些观察者、沉思者和批判者就需要做好不会被忠实的拥趸众星捧月的冷处理的准备。

但据笔者观察，这方面的焦虑都是作为晋东南文学现状关注者的一厢情愿的提醒，作家们甚至都没有意识到自己应该焦虑而一直坚守着自己的文体和题材。之所以坚守，我认为是由于对大众文化的轻视。当前虽没有多少人会反对在学术上探索大众文化，但是要打心眼里接受，恐怕还是有困难的！原因就在于人们依然认为它低俗。但是有一个清楚的事实摆在我们眼前，大众文化已经真实地成为我国公众日常生活必不可少的组成部分。如果不认识大众文化，就无法完整地认识我国当下的生活状况。文学作品，众所周知，是我们生活的反映。我们的作家们内心中如果不接纳大众文化，不去动心思了解、解读大众文化，恐怕自己的创作题材是非常受限的。由于题材的受限更会导致读者接纳、作家在晋东南地区的影响力和山西文学被冷落等问题。作家们的坚守令人敬佩，同时也令人遗憾，我们这里就不能有一名大众文化文本的书写者？但愿是我们没有注意到。

第三方面的"焦虑"的的确确值得焦虑，但也只能是焦虑。我们的作家有勇气、有能力和有机会超越赵树理吗？但是也不能如此言之凿凿。

上述是对晋东南文学现状的思考，再谈谈我们的这本书和我们这些人。

值此国家"乡村振兴"战略实施的黄金时机，我们这些文学研究者渴望为晋东南文学研究增添新气象。晋东南地区的文学创作如同新时期以来我国经济发展一样迅猛，呈现出了欣欣向荣的局面，不仅涌现出了报告文学家赵瑜先生、鲁迅文学奖获得者葛水平女士等全国有一定影响力的作家，他们用自己的才华书写着晋东南地区的风土人情、自己童年青年的记忆和对当下生活的体验，而且始终有一批在本地享有盛名的作家，诸如郭俊明、刘潞生、索鹏祥、聂尔、宋福聚等人，他们也在用自己的笔触抚触着晋东南大地，用自己的情感体贴着晋东南的百姓生活，用自己的精力记录并创造着晋东南地区的乡土文化。这些作家们所从事的正是当下文学研究界所承认并研究的"底层写作"。"底层写作"一直是中国当代作家们倾心表达的热点领域，而且"底层写作"的研究也仍然处于热潮之中，其争鸣之势尚未见有任何消隐的迹象。我们的这本书就是从"底层写作"的视野出发，探究这些作家们的创作维度——他们关注的到底是什么样的底层和底层什么样的生活？我们发现赵瑜先生关注影响底层生活的热点事件，这一点和赵树理极其相仿；葛水平始终在用自己细腻的情感描写着底层的琐碎生活；郭俊明关注底层市民生活中的政治事件；刘潞生一直对晋东南文学的发展与成就进行着忠实的记录，为后来的研究者保存资料；索鹏祥的《我是农民》写出了底层农民生活的困境，引人叹息；聂尔则用散文作者的情感和感性的语言赞颂着晋东南这片土地；宋福聚着重发掘晋东南的历史人物，以使读者了解这片土地的过去为鹄的。也就是说，这些作家们始终没有脱离开生于斯长于斯的晋东南大地，忠实地记录着这片沃土。同时，他们虽都书写晋东南，但其精神向度却是毫不相同的。赵瑜用自己扎实的调查功夫和追根究底的信念揭开这些事件背后的原因；葛水平对底层生活进行着形而上思考；郭俊明负责通过描摹底层政治事件的原貌引发读者的深思；刘潞生则是对上党文学创作成果的经验总结；索鹏祥书写农民生活困境引人唏嘘；聂尔对土地的赞颂和思考引人入胜；宋福聚的挖掘使我们清醒自己的来处。这是本书研究晋东南作家们的精神向度。我们渴望经过自己的梳理，让更多的人了解晋东南的文学现状。

我们将本书取名为《新时期晋东南作家的创作维度和精神向度》，旨在为晋东南地区的文学研究尽一份绵薄之力。本书并不是一个人的专著，而是由六位长期从事文学研究的高校教师合力完成的。我们之所以这样做，并非担心由一人无力完成对七位作家作品的解析，而是害怕无法达成"术业有专攻"。毕竟一个人的精力是有限的，加上个人思维模式的相对固定，没有办法呈现晋东南文学作家们创作的丰富性、视野的开放性和题材的多元性。由六名教师合力完成，既能够有专攻，又能够呈现文学研究视野和方法的多样性，这是与文学创作同构的。

本书所有章节撰写者均为长治学院中文系赵树理研究所的成员。赵树理研究所是于2016年重新成立的。在赵树理文学研究所还没有被批准成立之前，我们中文系的几位志同道合的同事就集中在一起商议，将自己今后的研究方向初步设定为上党作家的文学创作、文本解读和文学思想。研究所成立之后，我们坚定了上述目标。之所以定位于上党作家主要是基于两方面考虑：第一，我们学院的地方性本科院校的定位，为地方文化服务的目标；第二，我们的天然优势。我们时刻浸染于上党地域文化、生活于上党民俗中。对于上党作家们所书写的生活我们有着切身的体认，对于上党作家们描绘的风土我们有着天然的亲昵。我们知道作家在说什么，我们知道作家们想表达什么，我们能理解他们。同时，我们研究上党作家也是有私心的。我们认为本书的写作有四重意义：第一，对我们学院的意义。作为中文系的教师，作为赵树理文学研究所的成员，我们首先是长治学院人。我们有责任和义务遵照学院建设地方性本科院校服务地方文化的发展规划，运用我们的专业技能，付出自己的全部精力。长治学院是上党地区唯一的综合类本科院校，我们学院应该树立自己在上党地区的独特影响力和响亮声誉，如何树立？就要靠我们学校教师的自觉和努力。为了学院的声名，我们付出得心甘情愿。第二，对长治文学的意义。当下的上党地区文学创作非常繁荣。繁荣的文学创作是以作家们的辛勤创造为前提的。这些作家对长治社会的反映、对上党风貌的呈现、对地域文化的书写、对人文景观的建构，都通过其文本为广大的读者呈示了出来。阅读这些文本，我们震撼于这些作家书写生活的细致，钦佩于这些作家人文关怀的深厚。但是，令人惋惜的是，广大的文学研究者并没有足够地重视这些作家的文本内涵，没有精心地爬梳这些作家的心路历程，没有细致地探析这些作家的人文情怀，更没有在这些作家的引领下对自身生活于其中的上党风土人情细致体察。正是基于上述遗憾，更是基于对上党大地的深深眷恋之意，拳拳赤子之心，我们沉迷于上党作家的丰富书写，立志于对其展开深层次的解读，进而探究这些作家的创作维度与精神向度。第三，对我们赵树理文学研究所的意义。我们研究所刚刚成立，与学院的其他研究所相比，我们还很稚嫩。我们每一位成员都渴望做出些成果，这样既可以坚定自己走下去的信念，又可以回报学院和中文系领导对我们这些成员的信任。成立赵树理研究所，让我们每位成员的地域文学和文化的研究有开展的场所并凝聚为团队的力量。第四，对我们自己的意义。古诗说："十年磨一剑，霜刃未曾试。"本书是我们这个学术团队集体合作的第一次尝试。尽管致力于上党地域文学研究的计划我们早已制订，翔实研究上述作家的目标我们早已明确，细致的研究工作我们已经展开，原本打算尽量在今年寻找一个刊物为我们做论文专辑，现在既然学校给我们这样一个出版机会，我们就可以将专辑和专著的撰写一并实现，这将是我们新成立的赵树理文学研究所的第一批研究成果。我们期待得到专家和学院的支持。本书七部分的撰写分工如下：

对赵瑜和宋福聚的研究由赵栋栋完成；对葛水平的研究由张林霞和赵栋栋完成；对郭俊明的研究由李拉利完成；对聂尔的研究由申莉莉完成；对刘潞生的研究由李刚完成；对索鹏祥的研究由杨根红完成。在此对各位精诚合作者表示真挚的感谢！

目 录

笔墨春秋
  ——谈赵瑜对赵树理的传承与超越 …………………（ 3 ）

人性的探寻
  ——谈赵瑜的《寻找巴金的黛莉》 …………………（ 17 ）

真情与真相
  ——以《王家岭的诉说》为例 …………………………（ 28 ）

葛水平小说创作中"形而上的反抗"
  ——以小说集《我望灯》为例 …………………………（ 41 ）

女性 身份 历史
  ——以《甩鞭》为例 ……………………………………（ 51 ）

场域中的女性"幸福"
  ——读《甩鞭》想到的 …………………………………（ 59 ）

历史与文本的激荡
  ——宋福聚《良相吴琠》透视 …………………………（ 77 ）

在历史缝隙处的灰色书写
  ——论郭俊明的长篇小说《村干部》《选举》及其他………（ 95 ）

镜像与突围
  ——刘潞生的"长治当代文学史"书写 ………………（111）

时代变迁中的小人物
　　——评聂尔《最后一班地铁》 ………………………………（121）
充溢着醇厚温情的乡土叙事
　　——评索鹏祥的长篇小说《我是农民》 ………………（135）
附录 ……………………………………………………………（139）

赵瑜 中国报告文学学会副会长，山西省作家协会副主席，国务院特殊津贴专家。作品《中国的要害》《太行山断裂》《但悲不见九州同》《革命百里洲》《晋人援蜀记》《寻找巴金的黛莉》《王家岭的诉说》《火车头震荡》《篮球的秘密》等30余部，读者广泛，多次引起轰动，参与和推进了当代中国报告文学的发展，尤以体育三部曲《强国梦》《兵败汉城》《马家军调查》影响深远。作品蝉联三届赵树理文学奖、三届徐迟报告文学奖、三届中国作家奖、获第三届鲁迅文学奖；影视作品《内陆九三》《赵树理》《大三峡》等80余部集，获全国首届纪录片学术奖。中国当代纪实文学代表作家之一。

笔墨春秋
——谈赵瑜对赵树理的传承与超越

赵栋栋

  山药蛋派作家们对山西现代文学的发展、对山西文学在中国现代文学史上立足所作的贡献是不可忽视的。作为中国现当代文学史上一颗璀璨的明珠，山药蛋派的立派就是由于赵树理的缘故。作为现代小说家、人民艺术家的赵树理，其创作的小说大多以华北农村为背景，结合当时的社会状况，反映出农民思想观念的变更和农村社会的变迁，具有很强现实意义。当代山西作家的创作路途中始终横亘着一座叫作赵树理的高峰，无论主动承认还是被认为，山西现当代作家在一定程度上都受着赵树理的影响。当下依然活跃于文坛，并且书写了诸多纪实文学作品的赵瑜也主动承认这一点。

  创作生涯起步于上党，最终声名远播于全国的纪实文学作家赵瑜的创作始终贴紧时代步伐，紧扣时代脉搏，怀揣问题观念与批判意识，把自己谙熟的当代中国现实社会生活或是自身体察至深的日常生活中的热点事件或老百姓关注的问题作为题材，发现深埋其后的隐患，通过自身的调查，最终创作出一部部发人深省的作品。

  两位作家同为晋东南地区的人，赵瑜作为赵树理的后辈，从小耳濡目染，对赵树理充满敬重和仰慕，对其创作也耳熟能详，在创作方面也不可避免地受到了赵树理的影响，体现出传承性。

一 赵瑜对赵树理的传承

赵瑜对赵树理的传承是全方位的,主要表现在下述五方面:题材的选择、调查功夫、实录精神、问题意识和人物塑造。

(一)题材选择——直面自己熟悉的生活

文学文本永远是对社会生活的描摹,这是文学之"真"的缘由,也是文学之"善"的追求,更是文学之"美"的表达。赵瑜和赵树理,在中国作家之中,都以求真而闻名。他们立志于写真实的生活,抒真实的情感。对于他们而言,"求真"不单是方法和思维方式,更是作家有良知的根本立场。于是,两位作家在自己的文学书写过程中,心无旁骛,直接面对自己最熟悉的生活领域,挖掘自己最了解的人的生活状况和探究埋藏其中的进步与问题。

赵树理从小生活在农村,作为土生土长的农民的儿子,对农民的喜怒哀乐、思想感情有着深切的感受,对农民的风俗习惯、文化趣味、农村的风土人情了如指掌,对各种民间艺术形式非常熟悉和喜爱。参加革命后,长期在农村做基层工作,和农民有广泛的接触。在此基础上,赵树理的创作笔触自然而然地面向农村,面向农民。关注农民的实际需求和农村工作的各种问题,为农民说话,为农民办事。比如与农民利益息息相关的平凡事件,诸如《催粮差》中通过描写巴结大户,欺负穷人,借机为自己赚点儿的"催粮差",展示出农村收粮制度中存在的剥削;《小二黑结婚》中所涉及自主婚姻问题以及农民身上的封建迷信思想;还有《李家庄的变迁》中由于对农民的压迫致使农民站起来反抗村里的恶霸,并且一步步走上革命道路,等等。正是由于赵树理对农村问题的熟悉,所以他写农民时,摆脱了五四以来作家没有真正与农民感情上紧密贴合,在塑造的农民形象上还掺杂着知识分子思想感情的杂质的问题,塑造出崭新的农民形象。这些农民的形象都非常真实,例如《福贵》中的福贵,由于受到地主的压榨,从一个能干、上进的青年一步步沦为小偷、无赖。他的沦落过程就是中华人民共和国成立前无数的农民被压榨的真实写照。

像赵树理一样,赵瑜在成为职业作家之前,曾长期生活在山西晋东南地区。这是与他生命情感息息相关的地域。他对山西晋东南不隔膜,不陌生。他对这里的上至地区官员下至平民百姓都有着很深入的了解,同时他又做过自行车运动员和篮球教练等与体育相关的工作,对体育也有着关注和了解。因此,赵瑜报告文学的题材大致上可以分为两类:一类是对地域政治、经济和文化的表现,这主要指其对家乡山西的描述。如《中国的要害》中对山西省发展环境问题的关注,《但悲不见九州同》中对山西劳模同时声名全国的李顺达在"文革"中沉浮的展示等是其中的典型代表,还有就是在《革命百里洲》中对湖北长江流域农民历史问题的观察与思考;另一类则是对中国体育问题的现状描述与思考,这主要包括关注中国体育体制问题和国民关注体育的畸形心态的《强国梦》,分析中国奥运军团在汉城奥运会大败原因的《兵败汉城》,和对昔日如日中天、如今分裂衰败的"马家军"的缘由的调查分析——《马家军调查》,即"体育三部曲"。

书写自己所熟悉的生活保证了文本题材之"真"。但只追求题材的真实性是远远不够的,因为作家是社会的良心。书写真实生活不是作家们唯一的追求,他们要在书写真实生活的同时,发掘出生活的真相,这就要求两位作家独立思考,讲真话,讲心里话,表达大善立场,不趋炎附势,不随波逐流。如何做到这些,两位作家发挥出了自己的特长——跑现场,实地调查。

(二)调查功夫——力求发掘出事件真相

赵瑜和赵树理都坚持现实主义的创作方法。他们的作品绝不是凭空创作,而是在已有的事实或者是对某一事件进行透彻的调查后,运用理性的思维进行创作。毋庸置疑,作家们自古以来都可以被纳入知识分子(士)的行列之中进行考量。知识分子理应坚持独立思考、科学分析、独立观点、独自语言、独立表达,笔下流出的是真实的事,发自心底的话。知识分子(士)的良知要求两位作家不能绕开问题走,要迎着问题上,把人们要知道的问题调查透彻,写深写透,直面真相。两位作家在调查过程中，都做到了尊重客观事实，认真采访调研，对事实真相负责，对自己笔下的文字负责。

赵树理的代表作之一的《小二黑结婚》是作家在太行山区左权县的一个小村子里搞调研时听到的一个真实的事件：一对青年男女民兵小队长岳冬至和智英祥因为追求自由恋爱、婚姻自主，遭到封建思想根深蒂固的双方父母的阻挠，以致男方被打死的悲剧事件。赵树理在充分了解这个悲剧事件的基础上，再加上自己对这片土地的深刻了解，他深感封建思想在农村，尤其是农民身上的顽固，新的民主思想在农村没有得到很好的传播。由此，很快就创作出了以小二黑和小芹为主人公的鞭挞封建思想、赞扬婚姻自由的中篇小说。可见《小二黑结婚》便是一部建基于真实事件之上的文学文本，赵树理在真实书写现实生活的同时，深挖了这种婚姻悲剧产生的社会习俗原因。题材的摄取和原因的探究，都是建立在实地调查的基础之上的。

赵瑜是报告文学家，报告文学强调非虚构性，这就意味着他的作品并非是泛泛而谈或者凭空捏造的产物。相反，他在确定了要写作的问题时，除了查阅必要的资料外，还会亲自深入实地调查，挖掘事件背后的真相，力图呈现出完整而深入的全过程。赵树理的调查功夫在赵瑜身上演变成了一种采访的功夫和能力，这也是赵瑜传承赵树理的深入生活的一种形式。在创作《王家岭的诉说》时，赵瑜偕同其他四位作家亲赴王家岭矿难发生的现场，和各路的救援人员待在一起，目睹了组织救援的全过程。此外，还采访不同的人群，包括当时组织救援工作的官员、参加救援工作的技术专家、既身处救援一线又兼具作家身份的特殊人，还有当时得知家人命悬一线、前来了解情况的矿工家属，经历了在矿底与死神的斗争、虽然元气大伤，最终幸存下来的矿工，等等。在他们身上挖掘第一手材料，从不同的角度来了解有关王家岭矿难的信息，最终可以使作品呈现出来的内容更加全面。但赵瑜并非把王家岭矿难的叙述停留在当时当事上，他还收集了历史上有关矿难的资料。包括自新中国成立以来，发生的两次类似的大矿难，即山西大同的"老白沟矿难"和山东的"车七矿难"。将这三起矿难发生的原因进行对比，把矿难的问题深化到"煤炭"这一问题上。并查阅史书和地方志，给读者呈现出煤炭从古代到近代的开采史,引发人们的深思。这种上天入地、穷尽所有的采访既是一种功夫,也体现了作者的一种超常的能力。这种能力在另一位山西作家韩石山看来是一种"吃苦的精神",是"与采访对象融为一体的本事,是一种综合的能力,奇强的素质"。赵瑜自己就说:"我是长期采用这种办法采访的,这或者算是一个思想方法问题。我觉得走马观花的东西,根本不可能写好。也许我属于比较拙的作家,也许跟山陕文学传统有关,我的前辈们为真实反映生活,在农村一扎好多年,根本不以为意。这时人们往往会把栩栩如生的最真实最有特色的故事讲给你,你会跟他们产生一种很近的同歌哭的情感。"可见,赵瑜异常重视对写作中的实地调查。

(三) 实录精神——记录亲眼看见的事件

实录精神来源于汉代司马迁。班固曾褒扬司马迁"其文直,其事核,不虚美,不隐恶,故谓之实录"。实录就是要求作家对具体事实、史实的载述,要符合事实的本来面貌,不能随从流俗和习惯,对讹传的史事要作细致的调查和考证。在我国古代,司马迁开实录精神的先河,集中体现在他的著作《史记》中。司马迁虽然遭到过汉武帝的残酷迫害,但他在创作《史记》时,记录汉武帝的事迹并没有带很强的主观色彩。书中既非常公正地记述了汉武帝的雄才大略,同时对其前期的暴政和贪图功劳、妄图追求长生不老等事实也做了详细的记述。这种实录精神对后世的文学创作也产生了巨大的影响,最突出的是杜甫的诗。杜甫在诗中记述了唐代的社会生活,尤其是安史之乱后社会的混乱和百姓的悲惨生活。比如他在返家途中根据亲眼看见的战乱给人民带来的无穷的灾难和百姓积极参军的爱国行为而创作的"三吏""三别"。因此,杜甫的诗被称为"诗史"。赵瑜和赵树理也继承了中国古典文学中实录精神这一传统。

赵树理出身于贫苦的农民家庭,干过各种农活,像拾粪、放牛、种地等。在小说《刘二和与王继圣》中描述的村里七个孩子到三角坪放牛的情节,就是他对自己真实生活的再现。赵树理生活于其中的晋东南是人文气氛浓厚的地方,他从小就受到熏陶。不仅会各种民间乐器,而且还会唱上党梆子，就是快板、编小曲也能创作。在《李有才板话》中，李有才把村里的各种人物事迹，村中的各类趣闻还有农村的政策落实问题都以编成板话的形式来体现，就是赵树理对这一才能的展示。赵树理长于农村，亲眼看见无数的农民被地主压榨至破产，高利贷问题对百姓的摧残。在此基础上，创作出《福贵》，用福贵一人的遭遇来折射当时农村大多数人的处境。赵树理在一定程度上秉承《史记》传统，坚持着秉笔直书。

赵瑜写《马家军调查》时，采用了"马家军"运动员的大量采访口述、日记，还有自己在马家军基地的所见所闻，尽量用平静的心态，客观地叙述了马家军从辉煌到衰败的过程。肯定马家军在辉煌时取得的各种成就，同时也论述了马家军内部存在的各种问题，诸如奖品分配不公，甚至是教练马俊仁独占、运动员的收入不明朗和后续的生存问题不确保、马俊仁封建迷信甚至是近乎残暴的管理方式和不注重运动员心理问题的疏导等，都是之后马家军分裂、衰落的内在原因。通过赵瑜的深入挖掘，使得读者可以从不同的角度，比较全面地认识马家军事变的整个事件。马家军事变中有一个小的细节：包括王军霞、李颖等一群老队员纷纷出走，只有队长曲云霞留在马家军基地，追随教练马俊仁。对于这件事的看法，外界的许多报道给人一个印象，那就是曲云霞之所以没有跟"叛军"离马俊仁而去，是因为她更看重同老师的深厚感情。但赵瑜并未轻易地相信了这一说法，而是在肯定这份深厚感情的基础上，提出质疑，并且客观地进行分析，最后提出对这一事件比较客观的看法：是由于曲云霞自身的性格问题和她对父母都在基地的顾虑。赵瑜对"马家军"取得成绩的肯定和其中存在问题的直言不讳，以及对曲云霞留下这一事件的客观分析，都体现了他对实录精神的传承。

赵瑜曾说："作品敢不敢讲真话是作品能否受到欢迎的标志，赵树理本人过去在艰辛的岁月中有讲真话的精神。"实录就是要讲真话，这既涉及作家的思考空间和写作自由的问题，又涉及写什么和说什么的问题。这些问题是衡量作家思想境界的标杆。赵瑜的写作涉及很多禁区，他冒着无法发表的危险坚持写作，这就是责任感和使命感使然的。

（四）问题意识——随时体察身边的问题

问题小说在我国现代小说中的出现，可以追溯到"五四"时期。受过新思潮洗礼的作家不满足于把小说仅仅当作消遣、娱乐的工具，认为小说创作应能够提出社会、人生的问题，并为解决这些问题而服务。正是在这样的背景下，作为"人生的探索"的问题小说便应运而生。[2]这一时期最具代表性的作家是冰心，她的作品反映了旧的封建思想与新文化之间的冲突以及当时混乱的社会给人民带来的巨大不幸等问题。"五四"以后，一些杰出的现实主义作家也密切关注着社会现实，他们的创作也带有问题小说的因素。鲁迅作品中所表现出来的主人公身上的愚昧糊涂、逃避现实、麻木堕落、投机心理等都是旧中国大多数农民身上问题。问题小说具有思想启蒙的作用，也表现出知识分子密切关注社会现实这一优良传统，在文学史上具有重要的作用。山西文学一直有着直面问题的传统。

赵树理就把自己的小说叫作"问题小说"。他说："我写的小说，都是我下乡工作时在工作中所碰到的问题，感到那个问题不解决会妨碍我们工作的进展，应该把它提出来。"（《当前创作中的几个问题》）他不仅明确地把自己的小说称为问题小说，还在长期的创作实践中努力践行这一创作主张，并且取得了一定得成就。首先，赵树理是在自己生活或者工作中，发现问题，在此基础上来进行文学创作。他在基层工作中，发现基层管理的不健全、不透明，甚至当权者还是延续封建时期的家族传承。一个大家族里只要一人当权，全家都沾光；百姓家里生活资料的脆弱性，只要当权者凭借一个胡编乱造的理由，就可以轻易地剥夺几代人艰难奋斗下来的田产和房产；还有军阀混战时，社会的混乱，投机分子可以借此乱世或者大发横财或者官运亨通，而普通百姓却是辛辛苦苦的劳动半年，挣的钱顶不住票价的暴跌，日子过得一天不如一天；日本侵华战争时，日军对老百姓做的暴行，部分卖国贼借日本人的势力，对百姓进行残害和血腥压榨；共产党所宣扬的政策深得人心，队伍由弱小发展壮大的过程；人民由受压迫到敢于拿起武器，站起来反抗压迫者；等等；这些问题在《李家庄的变迁》中，有较为全面的记述。

其次，发现问题是为了解决问题。赵树理说，他写小说是为了"劝人"。在作品中，给人们展示了不为百姓办好事，压榨村民，残忍对待村民的村长李如珍最后被积压许久的村民亲手杀死；而村里富顺昌杂货店的掌柜王安福，虽年岁已高，却深明大义，心系祖国的安危。在确认共产党是真正为人民办事后，带头实行减租减息的政策；深受地主恶霸压榨的铁锁，最后走上了革命的道路，领导村民与压迫者作斗争；共产党为人民办事，维护中国的利益，所以百姓都拥护他；等等。通过这些人物的事迹和最后结局，可以给那些阅读此书的人，包括那些压榨农民利益的地主恶霸带来警示，给那些还有良心的地主富绅带来启发，教导那些像铁锁一样备受压榨的百姓要敢于起来反抗压迫，为自己做主。同时，也宣传了共产党的执政理念，解除人们对部分政策缺乏深入理解的问题，最终达到了启蒙或者教化的作用。

赵瑜报告文学中的"问题意识"与赵树理的"问题小说"有着传承关系。赵瑜在他的报告文学创作中，也和赵树理一样，立足民间立场，运用群众所喜闻乐见的民族形式和生活语言，反映人民群众最关心或与他们联系最紧密的问题，充当他们的代言人。首先，赵瑜也是从社会的热点中发现问题，进而挖掘问题背后的深层次原因。当人们普遍沉浸在之前中国运动员在奥运会中取得不错的成绩时，赵瑜就把自己的视角放在暂时取得不错成绩背后的中国体育发展存在的问题上。分析出诸如普通民众只关注最后结果的畸形心态，运动员的文化素质低下，对体育科研的不重视，体育体制的不健全等问题，为中国体育的长期发展敲响了警钟。果然，中国奥运健儿在汉城奥运会上输得让人难以置信，举国哗然。于是，赵瑜亲自北上，去寻找这次奥运会惨败的原因。基于此，就有了《兵败汉城》这一著作。经过一番实地调查，他再次指出中国体育存在的问题。比如，运动员的文化和心理素质低下，加在体育运动上的政治色彩浓厚，体育体制存在问题以及长期以来压在中国人民心底的屈辱史，使得老百姓不能理性地对待运动员的失败，无形中给运动员带来很大的压力，等等。其次，发现问题就是为了解决问题。赵瑜借由自己调查分析后发现的问题，来引起有关人士的注意，希望他们尽量解决这些问题，呼吁老百姓要以正确的心态来面对中国体育取得的成绩或者偶尔的失利，以此来促进中国体育更好更健康的发展。

（五）人物塑造——事件中凸显人物性格

赵瑜和赵树理对于人物的塑造，都不在静止的状态下写人物，而是把人物放置在整个事件中，通过人物的言行举止来展现人物的性格特征。如赵树理《传家宝》中，通过描写李成娘固执地要把代表封建小农经济的纺织工具传给媳妇，看不上媳妇天天抛头露面地出去工作，甚至挑拨女儿、女婿来对付媳妇这一事件，勾勒出一个被封建传统观念紧紧束缚的既封闭守旧又勤俭持家的老一辈妇女形象。与之相反的是李成媳妇金桂，她不恪守老一套对妇女的规矩，而是做自己擅长的工作，比如去地里干活，担任妇联会主席，组织活动，等等，刻画了一名勤快、能打会算、能为自己做主的新社会女性形象。赵瑜在《马家军调查》中，通过记叙马俊仁在养猪、"君子兰热"中抓住机遇，小赚一笔。之后，又利用马家军的品牌效应，卖"秘方"入私囊1000多万元，写出了马俊仁极具商业头脑。为了更好地控制运动员，由于他文化程度不高，不能找出更好的管理方法，就编纂梅花鹿大仙的故事，借此控制运动员的意识。一个小队员名字叫王姝，"姝"的谐音是"输"，而他的得意弟子王军霞、曲云霞名字中都带有"霞"字。所以，马俊仁就给王姝改名为王晓霞。表现出了马俊仁身上根深蒂固的封建传统思想和思想中的迷信色彩。

二 赵瑜对赵树理的超越

赵瑜的报告纪实文学创作继承了赵树理小说创作中立足现实，从现实生活中发现问题，找出问题背后的深层原因，以此来警示人们或者是达到教化的目的。但是，赵瑜在关注的时代性问题的时候，赵瑜能做到的是铺陈问题、展示问题和分析问题，却没有像赵树理的小说创作那样始终隐含着提出问题和解决问题的套路。当然赵树理能在实际工作、实地调查过程中提出问题是其敏锐性的体现，但在其文本中往往以"大团圆的结局"想象性地解决自己提出的问题，却可以视为对当时主流意识形态和权力意志的倚重（席扬语），这是他的创作指导思想决定的，对赵树理而言也是无意识的。赵瑜在提出问题之后却并不解决这些自己发现的问题，甚至不提供解决方案。在这一点上，赵瑜要显得比赵树理高明。之所以高明，其原因在于，按照接受美学的观点，读者在进入阅读之前都存在"前理解"。由于不同读者的"前理解"不同，所以他们在面对同样的问题时，可以设计的问题的解决途径就是不同的，呈现多样可能性。赵瑜比赵树理的高明之处就在于：赵瑜只提出问题，对于问题的解决由读者自己来想象和设置，给读者提供了丰富的想象空间。可以说，赵瑜的问题的提出和细致展开在很大程度上可以激发读者对于这些问题的积极思考和主动参与意识，读者的思考可能会跨越政治政策层面而进入文化精神、民族素质甚至政治体制层面，同时避免了赵树理式的"替读者思考"或"带读者思考"，使读者陷入被动接受的语境之中。可以说，赵瑜是赵树理创作困境的克服者。在他手中，"问题写作"的社会功能得到了更大程度的发挥。

　　赵瑜的报告文学创作较赵树理文学更注重语言的典雅，其文学性进一步增强。这一点是就文学语言的整体性思考而言，赵瑜的语言比赵树理的语言"雅致"，但是谈论这个问题应该把二人的创作放置在具体的语境之中进行思考。赵树理作为山药蛋派的"引领者"，他真诚地想着农民，为农民写作。赵树理在论证文学艺术工作的出发点时，认为文艺欣赏是出自人的本性的一种自然需要。像与城里人一样，农民也有文艺欣赏的权利，欣赏什么、怎么欣赏，有自己的选择。赵树理认为：农民虽然普遍文化水平较低，但其艺术欣赏能力未必低。所以，赵树理努力体会、揣摩农民接受者的口味，写作为农民服务的文学。"我不想上文坛，不想做文坛文学家，我只想上'文摊'，写些小本子夹在卖小唱本的摊子里赶庙会，三两个铜板可以买一本，这样一步一步去夺取那些封建小唱本的阵地。做这样一个文摊文学家，是我的志愿。"当时的赵树理觉得多数的文艺界的人不承认民间传统有延续的价值，不相信民间传统能产生杰作，民间传统无力争取到文坛上的地位，而自己就要继承和发扬这个"不被承认"的传统，并要为了这个传统的延续而不断地写作文艺作品。即使于1966年自己被当作"文艺黑线干将"而写检查交代性质的自述《回顾历史，认识自己》中说："我自参加革命以来，无论思想、创作、工作、生活各方面……始终是自成一个体系的。入京以后，除在戏改方面受了些感染外，其他方面未改变过我的原形。"这里的"原形"在一定程度上可以看成是赵树理文学创作的出发点——为农民写作。正是因为有这样的追求，所以赵树理做到了周扬所说的"中国作家中真正熟悉农民、熟悉农村的，没有一个能超过赵树理"。赵树理对当时中国的农村和农民有着宗教徒般的坚持和执着。赵树理的这种坚持在20世纪50年代之前是行之有效的，他也的确创作出了中国广大农民喜闻乐见的文艺作品。但是赵树理的悲剧，也许他没有意识到，也不会认为是悲剧，在于50年代之后中国读者的审美趣味发生了变化。50年代开始的国家工业化带动中国农村的语境发生了重大变化。在国家语境的巨变的影响下，喜爱阅读小说，尤其是描绘国家未来宏伟蓝图的小说的人逐渐多了起来，而喜欢农村题材小说的读者则是迅速减少。赵树理没有对这个趋势产生敏感。他心目当中的自己文本的隐含读者依然是农民，远离城市的农民。他的文本的艺术形式、艺术风格还在努力地适合着农民。《三里湾》《锻炼锻炼》的发表时间是在1955年和1957年，可见一斑。正是基于这样的艺术追求，所以赵树理的语言显得非常的朴实生动，符合农民审美，但是于工业化内容的小说却不相称。赵树理的语言是纯粹的传统中国农业文明话语，伴随着时代主潮的变更，赵树理的语言也应该在一定程度上"革新"以契合时代。

赵瑜的文学创作起步就是在20世纪80年代。从这个现代中国进入新时代的历史时期出发，赵瑜的创作始终贴紧时代脉搏。其文本语言也是现代性、工业化的语言。这里并不是说赵瑜的"工业化"语言与赵树理的"农业化"的语言孰优孰劣的问题，而是说时代趣味与文学语言的相映成趣问题。任何时代的读者既习惯于其所处时代的语言，又渴望自己时代语言的革新。如果作者能意识到此问题，其文本语言就可能在作家群体中显得"突出"。20世纪西方的形式主义文论就意识到了文学语言的陌生化问题，中国作家汪曾祺也说过"写小说就是写语言"。可见语言问题的重要性是不需赘述的问题。对于语言问题，作家们不可能都有超越时代的创造未来时代语言的能力，所以作家们经常立足当下，回望过去，从传统社会中汲取养料，对于这一点赵瑜做得很好。他在作品中引用古诗词，用小说的笔法来刻画人物形象，描写环境，增强了报告文学的文学性，使读者在阅读的过程中，可以体会文学的审美价值。像《中国的要害》中，太行山公路因故堵车，司机们久等不通，只好就车而睡。赵瑜写了这样一段话："朦胧间，他们拖着疲惫的双脚，回到了自己遥远的家乡，'日出江花红胜火，春来江水绿如蓝。'年轻的助手，扑在母亲的怀里，任热泪滚滚。'妈妈，在太行山的公路上，儿苦呀！'"短短的几句，引用古诗、运用想象的手法，生动形象地写出在太行山公路上堵车问题的严重，而且，带有反讽的效果。

最后，与赵树理相比，赵瑜在探究社会问题产生的深层缘由之中还更加关注人性的复杂性。并不是说赵树理不关注人性问题，但是无可辩驳的是，赵树理的创作由于受到了时代意识形态和政治因素的影响，其文本中有着对落后农民的犀利批判讽刺和对新农民的热情歌颂。但无论是批判讽刺还是热情歌颂，赵树理小说的维度都是单一的，没有呈现人性的复杂性。《小二黑结婚》中小二黑和小芹为争取爱情自由的健康人性，《李有才板话》中李有才的积极乐观，《李家庄变迁》中张铁锁的勤劳忠厚、陈修福老汉的慷慨是赵树理褒扬的人性之美；《李家庄变迁》中的小毛、《催粮差》中的崔九孩、《李有才板话》中的老秦等人的市侩则是赵树理贬斥的人性之恶。虽然也有小诸葛、三仙姑这样的可怜又可恨的复杂人物，但是我们发现赵树理笔下的大多人物都是福斯特所说的"扁平人物"。

虽然赵瑜擅长的纪实文学不以人物塑造见长，但是他在部分作品中还是把写作重心调整到了人物塑造上来，于是赵瑜笔下的人物就有了风采。赵瑜笔下的人物始终洋溢着人性的光辉、充满着人性的复杂。在《兵败汉城》中，赵瑜不以运动员或者教练的输赢来简单地予以肯定或者否定，而是从运动员自身出发，理解他们的难处，在作品中予以客观的呈现。像在汉城奥运会中，中国女排摔下神坛。当时的人们对此怨声载道，大骂与此相关的运动员和教练。赵瑜亲自采访当时的女排教练李耀先，了解他的难处，关注教练当时的现状：少年丧父，中年丧妻，老年丧子，有自己的想法却苦于实现。字里行间充满了对他的理解和同情。在《马家军调查》中，赵瑜更是把辽宁中长跑队的教练马俊仁性格的复杂性显露无遗。他既是粗暴、专横的"将军"，又是骄傲、自负的"明星"，还是贪婪、自傲的"战士"，也是愚昧、封建的"凡人"。这样就把马俊仁塑造成一个福斯特意义的"圆形人物"。

赵瑜曾说过："赵树理是我最尊敬最热爱的作家之一。我小的时候，父亲在长治做宣传文教工作，父亲和赵树理因工作互有来往，赵树理也多次到地委家属院去，我在家中见过他几次；'文革'之初有见过一两次。但我与他并没有直接的接触。"没有直接接触实属正常，但是赵瑜走上文坛后却频频"遭遇"赵树理。

当代美国著名文学教授、批评家哈罗德·布鲁姆（Harold Bloom）在《影响的焦虑》中说："如果迟来者诗人要避免跟随他（指阿尔托，笔者注）到那个地方去，他们就必须懂得死去的诗人是不愿意自动为别人让路的。然而，更加重要的一点是：新诗人掌握着更丰富的知识力。前驱者像洪水一样向我们压来，我们的想象力可能被淹没，但是，新诗人如果完全回避前驱者的淹没，那么他就永远无法获得自己的想象力的生命。"布鲁姆认为后代作家总要受到前辈作家所构建的文学传统的影响。这种传统的影响在一定程度上对后代作家的当下创作形成压力。文学创作作为一种创造性劳动，其生命和发展维系于不断的创新。所谓创新就是要不断地超越传统。后世作家因创新的压力而焦虑。这种焦虑，很显然，赵瑜也是存在的。哪一位山西作家内心中不处在赵树理给自己带来的焦虑呢？为消除此种焦虑，布鲁姆给出的办法是"创造性的误读"（或称"戏谑式的模仿"），即将前辈文本中次要性的特点在自己身上加以强化，使其成为自己的主要特点甚至是自己的风格。赵瑜对赵树理的超越可以视作布鲁姆意义的"创造性误读"。当然这种"误读"是会受到时代制约的。赵瑜的发现问题但不提供解决模式，赵瑜的具有时代性的文学语言和赵瑜对人性复杂性的凸显，我们在赵树理的文本中即使都看到了，但是，有谁能说赵树理比赵瑜做得好呢？！

参考文献：

王晖：《论〈马家军调查〉——价值与意义》，《文艺争鸣·当代百论》2008年第6期。

陈顺宣、王嘉良：《论"问题小说"与赵树理创作》，《浙江师范学院学报》1982年第4期。

章罗生：《赵瑜报告文学对中国现代文学传统的继承及意义》，《南京师范大学文学院报》2011年第9期。

赵瑜：《赵瑜名作精编》，北京十月文艺出版社2011年版。

人性的探寻

——谈赵瑜的《寻找巴金的黛莉》

赵栋栋

一 赵瑜作品中的人性

赵瑜先生在他以往的作品中不断体现了他对人性问题的关心。在《野人山淘金记》中，揭示了人性的复杂多样性，对人性暗角进行了再现，对人性善恶的深刻命题进行了拷问，并揭露了许多鲜为人知的秘密。在《马家军调查》中，赵瑜先生写出了一支运动队里人道主义的命运。马俊仁的"二重性格组合"充分体现出了赵瑜先生在塑造人物性格上关注人性并且注重探索人性的多样性。在《王家岭的诉说》中，深入追踪，还原灾难，为世人解答疑惑，对矿主的良知进行拷问，让世人警惕人性的缺失，表达了对生命和人的尊重。赵瑜先生用他独特的视角，关注着文学中的人性问题，表达着他的人文关怀。

二 《寻找巴金的黛莉》的人性

人性是人在某种环境下形成的品质和性格，是人所特有的符合一般规律和情况的理性的行为和思想感情，是人的本性，是现实的人的根本特征。而文学，则是作者通过对社会和人性的诠释与感悟，以此来反映社会真实。文学作品离不开人，更离不开人性。关于人性与文学的关系，钱谷融先生曾提出了一个重要观点，那便是：文学就是人学。钱谷融先生认为：文学是人写的，也是写人的，更是为人写的。

（一）文学是人写的

钱谷融先生曾说："谁要不是以'赤子之心'来对待人，来对待文学，他也就不可能读通文学。"文学写作的目的是为了影响人的思想感情，故而作家想要真正地理解文学、研析文学，首先他自己应该是一个真诚的人。

1. 创作者用文学表达自己的真情实感

在文学领域，"一切都决定于作家怎样描写人、对待人"，作家通过文字的书写，表达着他自身的真情实感。赵瑜对寻找黛莉具有强烈的责任意识。"这次则有些为着社会之意""尽些心责吧"。赵瑜并不是专业的巴金研究者，但他愿意为了文学、为了社会，花费大量的时间和精力去搜集这七封信，甚至为了探明黛莉是谁，辗转各地，不断地调查和探访，终于还原了这一真实往事。从"为着社会""尽些心责"这些词可以看出，赵瑜先生决定"寻找"的出发点是他身为作家的责任意识。而赵瑜将这个故事和经历书写成书，也是因为他想让世人了解这位接受过新知识的女性平凡而又曲折的生命历程，了解那段被历史洪流所尘封了的真实世界。赵瑜以七封信为线索，一次次地寻找，一次次地查证，终于给世人还原了这段真实的往事。而在寻找的过程中，赵瑜也在一次次地感慨着。"此类悲剧仅仅是那时的中国所特有的吗？真正的女性解放之路，不知将何其漫长。""悲剧"是一个带有消极意义的词语，赵瑜用这个词语，表达了自己对封建专制男权主义观念的不满。"解放之路""何其漫长"则蕴藏着赵瑜对处于封建男权社会中的女性的同情。"身怀仇恨的人们啊，你们到底要干什么？"则饱含着赵瑜对黛莉遭遇的怜惜之情。在听闻黛莉老人在"文革"期间被时常批斗、抄家后，赵瑜用了"身怀仇恨"这个词来描述批斗黛莉的人员，"仇恨"是指仇视愤恨、满怀敌意。可当时的黛莉仅仅是一位带着女儿独自谋生的小会计，她脱离了自己的家庭，平凡地过着自己的小日子，但还是有那么多的人用仇视的目光对待她。此处运用的一个"？"说明了赵瑜此时的疑感,为什么在那个时代会出现这种情形。这些话语都是作家真情实感的书写,都寄托了作家满怀深情的思想观念。

2. 创作者的人道主义精神

在文学艺术中,人道主义精神表现为:"用一种尊重人、同情人的态度来描写人、对待人。"文学创作本就是对于人性的书写,而赵瑜作为一名创作者,他既尊重人,也同情人。他在塑造人物时尊重人物个性,注重表现人物所特有的人生经历、意识追求、思想感情、心理活动以及愿望诉求等。赵瑜在塑造黛莉这一人物形象时,他并没有为这位人物进行过多的"文学修饰",而是本着尊重现实中黛莉的本身性格的原则,一步一步追寻着微小的线索,一笔一笔地还原了这位新知识女性的一生写照。赵瑜还原黛莉这一人物形象时,他并没有隐藏黛莉是事敌家庭的身份,文中也写到黛莉的父亲——赵廷雅在日寇下设的省工程局担任局长一职,"事敌多年"。"惟其如此,她的命运才更加令人牵挂。"接受了新知识影响的黛莉生活在这样一个家庭中,黛莉这一人物的复杂性更加凸显出来。在赵瑜笔下,黛莉的人物性格具有全面性和复杂性。"黛莉就这样参加了共产党工作""她流落南北曾经从业于国统区的人生经历",从此处可以看出,在那个抉择的时代,黛莉政治立场的摇摆不定。赵瑜在书中写到黛莉是一位"出身富有家庭的新知识女性",黛莉一直想要"牺牲",想投入革命中,去追寻自由和她心中的信仰。赵瑜是在写人,写鲜活的人物,写真真正正的真实人。"七十余载,风雨摧袭,世事跌变,命运多舛,她孤独无助,步履维艰,但她不软弱屈从。"赵瑜笔中处处充斥着自己对黛莉人道主义的同情。

(二) 文学是写人的

文学应该是以人为出发点,应将人当作注意的中心。"一切都是为了人,一切都是从人出发的。"在赵瑜的笔下,人类的美好感情是人性的主体,人类的优良品行是人性的极致。黛莉这一人物形象是复杂的、独特的、有生命力的。赵瑜所塑造的人物形象是灵性感人的。

1. 黛莉具有信仰和追求

黛莉的形象是鲜明的而有魅力的。黛莉是一位接受了新知识洗礼的女性，她十二岁便读了巴金先生的《砂丁》，可想而知她很早便接受了新知识的教育，她的思想较为进步。"信中一再说黛莉要离家，要牺牲，要革命"，而在现实中黛莉也的确是一位决绝出走的人。一个从小衣食无忧的女子，却为了追求她心中的自由，追寻她的信仰，决绝地抛却安稳的生活。她"读新书，思背叛，离家族，争自由，反男权，求独立"，"她是一位真正坚守自己人生信念的人"，她虽未能改变自己的命运，但她追逐信仰的过程，便已经闪耀出了理想的光芒。

2. 巴金是温暖而伟大

在文中，赵瑜为我们呈现的巴金形象是光辉而伟大的，他用一种诚恳的态度来表达自己对巴金的尊敬。

（1）巴金对普通读者的关切

巴金回信读者时是真诚和恳切的。把心交给读者是巴金对待读者的态度和准则，在文中我们也可以深刻地体会到这一点。试想一下，当时的巴金已是著名的大作家，他如此不厌其烦地给一位普通读者写信正是他人格的伟大之处。在巴金回复黛莉的第三封信中，巴金先生写道："应该是我来请您原谅，我接到您两封信，到现在才来回信，您不怪我办事迟慢？"在第四封信中，"我到今天才来回你的信，请你原谅。"在第五封信中，再一次"请原谅我，我到今天才来回你十月十一日的信。""您"是代替"你"字的敬称，而当时已是著名大作家的巴金在此处用这个字，足以表明巴金在对待读者时的真诚。试想一下，在当时的社会有多少著名的大作家能做到如此地步。"请"是敬辞，意指希望对方做某事。"请原谅"是巴金希望黛莉谅解他回信迟慢，但诸事繁多的巴金在回信时能多次提及"请原谅"，更是体现了巴金对黛莉这位小读者的尊重。

（2）赵瑜对巴金的尊重

赵瑜在描写巴金时，运用了大量的赞美之词。"只落一'金'字，更让人倍感亲切。""走笔亲切而婉约"，巴金形象是亲切的。"巴金先生的心是悲悯而敞开着的"，巴金形象是具有同情心的。"巴金先生给予他人以温暖和援助，确是多方面的……"巴金形象是乐于助人的。巴金成名后，日复一日回复各地的读者来信，"是一种信仰的郑重传承，是一种关于'利他'理念的自身坚守"。赵瑜接着又写道："如今，有着无数私心杂念之我辈，岂能做到？"巴金先生能做到的坚持是如今包括赵瑜在内的许多作家所做不到的。赵瑜对巴金先生的这种行为既感到惭愧，又深表敬佩。"从中我们可以看到，年轻的巴金，其理想、奋斗虽然激进，但是，一旦对待具体人、具体事，则呈现出温情柔美来。"赵瑜使用积极用语来描述巴金，为我们树立了一个具有伟大人格的巴金形象。

（三）文学是影响人的

高尔基认为文艺的任务就是教育人、影响人。文学是写给人看的，更是影响人的。从文中我们可以看出巴金对黛莉的影响至深。"你十二岁就读了我的《砂丁》"，"你在十六岁时读了《家》"，"寄你一本《忆》"……从信中内容可以知道黛莉读了大量的巴金作品。"你想把你所有的一切贡献出来，给你同代的人谋福。我了解你那牺牲的渴望。"巴金的话可以看出黛莉深受巴金思想的影响，而后来黛莉的行为也证实了这一点。当黛莉就职的四明银行要裁员时，黛莉坚决反抗。她"照着巴金著作，模仿着写出一份《告全体雇员书》……带头领导雇员前往上海市政府请愿"，市政府并没有解决黛莉请愿的权利，但愿意给黛莉介绍新单位。而黛莉认为"岂能只顾个人，一走了之？"她果断放弃了这个难得的机会。黛莉的种种行为，不正如巴金作品中的人物，而这就是人受文学作品影响所做的表现。

三 文学中的人文关怀

人文关怀作为一种人本文化，是对人存在和发展中所遇到的各种问题的关注、探索和解答，强调的是对人的生存状况的关怀，对人的尊严与符合人性的生活条件的肯定，对人类的解放与自由的追求，体现的是一种人文精神。人文关怀重视发挥人的作用，关注的是理解人，尊重人，爱护人，关心人，关怀着人生命存在的所有价值。

（一）赵瑜对黛莉的人文关怀

1. 赵瑜的寻找

赵黛莉是谁？坡子街20号究竟在哪里？赵瑜先生在购得这七封信后，这两个问题便始终吸引着他，于是他开始了一段颇为曲折而又漫长的"寻找"岁月。由于赵从平意外死亡，线索中断，到寻找新的线索——赵逢冬，再到确认赵黛莉不是赵文英，线索再次中断。此后赵瑜偶然从好友田茂铭处得到新的有关线索，几经询问，赵瑜看到了曙光，黛莉应该与赵廷雅有莫大的关系，此时的寻找便有了目标。接着，赵瑜从太原找到了宁武，从赵瑾老人那里得知赵梅生的现居地在西安，于是赵瑜便又找去了西安，由此才最终确认了赵梅生便是赵黛莉。

赵瑜的寻找历经近三年的时间终于落下了帷幕，赵瑜先生无畏寻找的艰难，辗转多地，寻求友人的帮助，翻阅户口档案，查找相关资料，他不仅是为"巴金研究者们救得一份素材"，他更是为了自己身为作家的责任意识和求真态度。他的认真，他的勤奋，他的坚持，为世人换来了一份沉寂于历史潮流中的真实往事的现世。

2. 赵瑜对黛莉的关心

"彼黛莉眼见巴金先生抗敌如此坚决，情何以堪？又如何致信复函？""情何以堪"大意为：感情承受不了某种打击。"情何以堪"这一用词表达了赵瑜对黛莉的精神世界的关心。"一个安那其主义者，一个文弱少女，你从哪里来？你是谁？你要到哪里去？""我强烈地关切着……她人生命运后来将会怎样？她还好吗？……七十年间她经历了哪些事？"在那个动荡的时代，柔弱的少女是如何生存下去的，这是赵瑜对黛莉生存状况担忧和同情的表现。一句"赵黛莉，终归不是林道静"。林道静的追逐成功了，但黛莉的追逐却输给了动乱的时代，这是赵瑜在述说：他对黛莉的坎坷遭遇表示同情和遗憾。"祝福他们，热爱自由的人们。"赵瑜对黛莉离家追求心中的自由和信仰表示"祝福"，这是赵瑜对黛莉选择的尊重与理解。

（二）巴金对黛莉的人文关怀

1. 巴金对黛莉的关注

巴金先生对于黛莉过早地读《砂丁》以及左拉作品表示反对。"你十二岁就读了我的《砂丁》，那太早了。我想到那事情心里很不安，不该拿那惨痛的图画来伤害你的孩子的心灵。"他不想伤害黛莉"纯白的心"。此处可以看出巴金的心是善良温柔的，他关注着黛莉精神意识层面上的积极向上。巴金还认为黛莉不适宜过早地读左拉作品，巴金对黛莉强调左拉作品中的消极一面，"他写得太残酷，太冷静"，也是想让黛莉快乐地生活。巴金关注着普通的文学青年，并且时刻注意着自己身为作家的责任意识，传递着积极的能量。

2. 巴金对黛莉的劝告

"然而我会告诉你，应该熟读一些书"，巴金先生劝说"羽毛未满"的黛莉应该珍惜读书的机会，"你还不能够在自由的天空里飞翔，因为在那里有无数老鹰在等着啄你"。在这里巴金先生劝说黛莉珍惜读书的机会，在读书中成长，而后才能闯荡社会。巴金先生是十分重视读书、重视青少年健康成长的作家。并且他劝说黛莉"你不要老想到牺牲"，他不鼓励黛莉"出走"，而应"过些快乐的日子"，他的目的还是希望少女黛莉有一个幸福快乐的少女时代。巴金先生对黛莉的回信温暖、热情，每封信都寄托了巴金对黛莉的关心与爱护，处处充满了伟大的人文关怀意识和责任意识，巴金先生是一位充满爱心的优秀作家。

（三）底层叙事中的人文关怀

在底层叙事中，文学创作的客体是底层人物或者底层社会。它始终以人文关怀的角度审视着处于社会底层的小人物，深切关注着小人物的生活状况和命运归宿等问题。

1. 以底层的视角来描写整个社会的历史进程

赵瑜先生从这七封信中，以黛莉为起点，引申出黛莉所经历过的中国历史，追访历史，让后人近距离地了解那段过去的岁月。赵瑜从细节中揭示了尘封时代的重要历史脉络，他从细小的考证里，让世人看到了一个大时代的轮廓。第二封信提及《文季月刊》，赵瑜追证道："《文季月刊》还与《译文》《作家》等刊物一道，共同发表了《中国文艺工作者宣言》，成为现代文学史上的一件大事……又是上海两大革命文艺阵营发生裂痕的继续……"这就是"两个口号之争"。在追寻黛莉身份时，赵瑜发现黛莉的家人曾为日寇工作，这便引出了日寇侵华这一历史。在第七封信之后的三个月，又引出全面爆发的中国全民族抗击日本战争，山西抗日部队处于二战区抗日前线，黛莉在动荡不安中四处漂泊。在赵瑜查证宁武赵家时，又写出"晋绥土改"，赵家解体。在找到黛莉本人后，回忆她的过往，又触发了：太原失守，阎府南撤，国民政府迁都重庆，汾阳之困，阎锡山坚守黄河御敌克难等历史往事。"一叶飘萍叹零丁，人间万恶是战争。"几经波折，黛莉终于迎来了抗日战争的胜利。接着黛莉与张君相恋，但却要她当二房太太，封建宗族男权仍存于中国社会。黛莉没有妥协，她再一次地踏上了流浪之路。斗转星移，全国土改，黛莉小姐的老家宁武赵家彻底破败。"中共大军突破长江，占领南京。"这便是国共战争。"解放军挺进上海，民族资本家纷纷退却。"黛莉失业。"批斗赵黛莉，更是家常便饭"，黛莉经历了"文化大革命"的摧残。这位乱世佳人身上涵盖着更真切的历史。

2. 关心普通人的现实人生

底层文学中的主人公，大多皆是现世社会中普普通通的小人物，但每一粒微尘皆可透视大千世界，作家通过这些小人物来反映整个现实世界。在历史的洪流中，黛莉仅是一位小人物。赵瑜先生的写作视角下沉，主动关心这样一位普通女子的现世人生，借由七封信，引出大境界、大沧桑、大悲悯。"却很难不变成在饥寒交迫中英勇就义的刘胡兰"，"黛莉从少女时代起，就心仪自由，向往革命……这一切，竟换来如此悲凉的结局。""革命吃掉自己的女儿"，这些话语都隐含着赵瑜先生对战争和革命环境下普通人命运的关注和思考。

3. 小人物的大情怀

在悠悠历史进程中，黛莉仅仅是一位普普通通的小人物，但小人物也有大情怀。在接受了新知识的洗礼之后，黛莉思想进步，她的内心早就存下了一颗反叛的心，她不甘心待在深闺中做一个普通的女子，她要求战斗，向往革命，追求进步，崇尚独立，想要重建自己的人生。国难当头，人心思战，黛莉也不例外。她不知道自己的归宿所在，但她革命的决心不改。七十余载，时运多舛，但她绝不屈服。她是一位真正坚守自己人生信念的人。

（四）探析人文关怀

1. 人文关怀的特点

（1）人文关怀的自我关怀和非自我关怀

人文关怀是"自我关怀"与"非自我关怀"的统一。"真正的人文关怀应是，弱势群体在进行本真的'自我关怀'的同时，还需要得到优势群体的本真的'非自我关怀'，而优势群体在进行本真的'自我关怀'的同时，还要给予本真的'非自我关怀'。"

黛莉"从小读新书，思背叛，离家族，争自由，反男权，求独立"，这些都是黛莉在精神层面上对自身的自我关怀。黛莉说："我宁肯永远浪迹天涯，也决不到日军占领区，去接受奴化教育。"她甘愿接受物质上的贫困，也不愿放弃心中的坚持。对黛莉而言，她精神上的自我关怀和自我满足就是她最大的追求。巴金先生在当时已是一位文化大家，早已接受了新知识的洗礼。这位人格伟大的作家，对黛莉的关怀更是点亮了黛莉的一生。他从书信言语中关切着这位少女，为她寄送和推送书籍，丰富黛莉的精神世界，为她的人生指引方向。

（2）人文关怀的多样性和全面性

人的复杂性，决定了人文关怀的多样性。人文关怀的多样性，是指人们所需要的关怀是多方面的。"有学者指出，人文关怀有三个方面的层次，即满足物质生活需要的人文关怀，满足精神生活需要的人文关怀，满足人的社会交往和社会关系需要的人文关怀。"

赵瑜关注黛莉的物质生活需要。在黛莉出走后赵瑜不止一次地发问："她往哪里走？"一位文弱少女，如何在国破山河的环境下寻得一方安稳。巴金满足了黛莉的精神生活需要。少女黛莉自十二岁便读了巴金先生的《砂丁》，可见黛莉早已受到巴金文学的熏陶。巴金先生后来又给黛莉推荐、邮寄书刊，劝告黛莉多读书，劝她不要过多的读左拉作品，巴金对黛莉精神文化方面的引导深深根植在黛莉的内心。巴金先生满足黛莉的社会交往和社会关系需要。巴金先生与黛莉密切通信，在每封信中都表现了他对黛莉的关心。与巴金先生的通信，让黛莉在社会中又多了一位关心她的朋友。

2. 人文关怀的宗旨

"人文关怀的宗旨在于'助人自助'，使人达到'充分的存在'，社会以'人文'去'关怀'，个体不是自我中心式的存在，而是互助式的。"巴金对黛莉精神世界的塑造产生了巨大的助力，而黛莉与巴金的通信，何尝不是为巴金更好地了解自己的读者而提供了机会，进而更好地创作出满足读者需求的书籍作品，这就是文化的魅力。个体的自我意识得到充分发展后，能够对生存环境和主体自身进行自觉的自我调节和控制，能合理利用自主选择的权利，达到自我完善和功能的充分发挥。黛莉便是一位自我意识充分发挥的个体。在接受新知识的洗礼后，黛莉选择离家追求自己的信仰，虽然物质条件是贫乏的，但她的精神世界却是满足的。

3. 人文关怀的人文价值

文学就是一种人学，文学是人的心灵形式，是人本质力量的对象化表现。构筑人文关怀就是要让人在短暂的生命中，让精神与心灵达到自由的境界，增强自身的思想道德素质，认识自身存在的生命价值，坚守自身的人格独立，树立正确理想，提升精神境界，推动社会不断地进步。用文学形象再现人的生活，促使读者通过文学作品来反思自己，从而提升自身的综合素质。通过文学中的人文引导，对人类进行正确的文化导向，促进人的全面发展。

结　语

赵瑜透过七封信，一步一步抽茧剥丝，为世人还原了一段为历史风尘所淹没的真实生活，也描绘出一幅人性的美好画卷。"文学是人学"不只是一种被提倡理论，更是一种现实的存在。文学作为人类的精神家园，应充分发挥其人文关怀的作用，为寂寞空虚的人们增添一份温暖的依偎。

参考文献：

殷国明：《关于〈论"文学是人学"〉之一——钱谷融先生谈话录》，《嘉应大学学报》1998 年第 4 期。

朱立元：《从新时期到新世纪："文学是人学"命题的再阐释——兼论马克思主义文艺理论的人学基础》，《探索与争鸣》2008 年第 9 期。

李刚：《人文关怀研究的新探索》，《江西行政学院学报》2011 年第 2 期。

白静：《大学生思想政治教育中人文关怀的有效途径》，《宜宾学院学报》2010 年第 7 期。

钱谷融：《论"文学是人学"》，《文艺月报》1957 年第 5 期。

李国涛：《发现并开掘巴金的七封旧信》，《博览群书》2010 年第 5 期。

朱竞：《关于赵瑜及"巴金致黛莉的七封信"》，《文艺争鸣》2010 年第 2 期。

李建军：《完整的世界在这里反映出来——评赵瑜的〈寻找黛莉〉》，《文艺争鸣》2010 年第 2 期。

闫文盛：《纪实文学写作的奥秘——从〈寻找巴金的黛莉〉谈起》，《编辑之友》2010 年第 9 期。

李云雷：《2006："底层叙事的新拓展"》，《文艺理论与批评》2007 年第 1 期。

陈丹晨：《寻找巴金的故事》，《中国作家》2010 年第 23 期。

王晖：《七封信背后的人生》，《文学自由谈》2011 年第 1 期。

陈歆耕：《姑妄言之》，《文学自由谈》2010 年第 3 期。

赵瑜：《寻找巴金的黛莉》，人民文学出版社 2010 年版。

颜慧：《赵瑜为什么"寻找黛莉"》，《文艺报》2009 年第 12 期。

真情与真相
——以《王家岭的诉说》为例

赵栋栋

作为中国当代著名报告文学作家的赵瑜，其作品一直以直面中国当下社会生活中发现的颇具影响的大小事件，力求"让真相浮出水面"为鹄的。在审视剖析这些事件真相的过程中，也凸显着其作为知识分子的人文精神和社会责任感。在《王家岭的诉说》中，赵瑜超越了新闻报道的直观表层描述，从文化上调查事件真相、追问事件原因、批判制度的缺失，从中彰显着他自觉人文关怀、历史感和当代性。

引 言

报告文学是一种注重客观材料的选取，更需要作者主观思想的创作，任何自我的缺失都会使作品滑向简单和浅显，失去了它作为作家思想灵魂和客观素材相统一的独创性。《王家岭的诉说》则是一部典型的、向现实问题要真相的报告文学。目前已有的《王家岭的诉说》研究主要从叙事模式、媒介角色、灾难应急等角度展开。基于此，本文着重从管理滑坡、媒体报道、相关政策不到位这三个方面探求事实真相背后的问题真相，并进一步考察赵瑜报告文学的独特旨趣和意味，以求在整体上把握赵瑜报告文学的特点和人文情怀。

一　直面真相

整合煤炭资源，毫无疑问可以"集中力量办大事"，却不知由于一味追求高速度、高指标，为换取利益最大化这件"大事"，忽视了农民工安全这件"小事"，以牺牲生命为代价促进 GDP 的发展。最终酿成了王家岭矿难这场悲剧，153 个生命引发全国民众强烈关注，复杂的猜疑、令人诧异的滑稽的新闻报道（试图将这样的悲剧用喜剧的形式结束），凡此种种都在质问我们：矿难本身是场悲剧，煤矿矿难此前也频频发生，但这样的悲剧为何重复发生，得不到有效的遏制呢？

（一）国有大矿混乱管理状况

山西煤矿建设发展史上，尤以中小型煤矿事故频发，人们很容易归结为这些小煤矿生产力水平低、行业管理弱化、安全投入不足、从业人员素质低，等等。但究其缘由是因为国家近年来大力整合煤炭资源，但这种整合也并不意味着一劳永逸。在整合中，也正由于盲目地从速、从大，出现了管理滑坡、安全意识淡化的问题。可以说，煤矿性质和规模大小，与矿难多少并无根本联系，国有大矿也会忽视安全生产，不可掉以轻心。

"我国的百万吨死亡率为 2.4，即每产 200 万吨煤，要死 5 个人。这一比率高于印度 10 倍，高于俄罗斯 50 倍，高于美国 100 倍。我国每年实际死于矿难人数 7000 人，美国则在 30 人左右，在许多国家，某些年份已经达到'零死亡'。"从这些真实可靠的统计数据不难看出，不管是民营煤矿还是国有煤矿，最可告急的仍是采煤安全问题。那为什么我们和其他国家之间有这么大的差异？具体看一下王家岭煤矿：首先，在这场悲剧发生之前，就已经先后有 4 位矿工悄然死亡，可矿上并没有对此给予足够重视，没有必要的安全防护和教育培训。矿工来了不培训，直接下井作业，当被埋在矿下自救时，很多人不会用自救器，会使用的人也打不开自救器。正如他们所说"反正自救器我们都不会用的，一来了就下井，没有人教"，这句听似随口一说的话，让我们看出了他们的无知是多么可怕。其次，上级要求干部带队下井制度也不落实，据不完全统计王家岭这个大型国有煤矿，当时被困的153名矿工中，除一名瓦斯员之外，再无一位国有企业正式工作人员，领班干部更无踪影。最后，矿区建设杂乱无章，没有任何一处永久性建筑，井口场地也是简陋破旧。上述种种，都可看出其管理不到位，安全意识淡薄。

本以为国有企业领导的接管，能够重视煤炭生产的安全状况，但是，他们和个体小煤矿老板一样贪图财力，见利忘义。盲目地追求效益，扩大生产。时不我待，形势逼人。王家岭煤矿原计划在2011年3月竣工投产，可现在的任务是："早一天出煤，早一天将资源优势转化为经济优势。"为此，甲（华晋公司）乙（中煤一建63处）双方紧握拳，肩并肩，拼尽全力不达目的不休战。"谁英雄谁好汉，嘴说空话都不算，王家岭上比比看"，"思想上要除锈，行动上要亮剑"，"永争第一同心干"，此类标语口号，贴满了矿山工地，还挺押韵的。这样的做法和响亮的口号实际上都是经济发展过热、过快的因素在作祟。王家岭在井下通风、供电、排水系统还不完善的情况下就突出强调生产，不管是否科学，锁定进度就是干，雷打不动。只知道向工人要煤要利，只为进一步抢占市场，把公司做大做强，变不可能为可能，变不能为现实。简单来说：大干快上，疯狂大跃进。

（二）新闻媒体虚假报道

在这次"3.28"王家岭煤矿透水事故报道中，亿万网友通过互联网，纷纷发表观点看法，在声援抢险救助的同时种种猜疑也接踵而至。

"这一次，政府真的在救人吗？"

"指挥部要从山头上打眼钻孔入井，这可能吗？"

"新闻发布会上的名单真实吗？"

"乃至救人升井，仍有人怀疑造假，救援者出井后，模样咋会比较干净？"

这是因为，多年来，许多新闻媒体报道远离实事求是精神，确实存在报喜不报忧、好说大话狂话、制造虚假政绩等弊端，丑闻不绝入耳。人们普遍怀疑了，不信任了。

种种猜疑，总是有一些生活依据的。首先，要说从山顶打孔钻眼深入井下这件事，的确是与以往的救援方法经验不一样，所以救援初期排水效果并不明显。这就导致在救援现场出现混乱的局面：中央电视台播报井上井下正在组织排水，而亲属们却认为没有看见水被大量抽出，家属们打砸中央电视台报道组。正如矿工胡而广说："我急死了，本来只有两条管子排水，央视却说有6条管子往上抽水，你这不是瞎报吗？怎么抢救，你实事求是地报道好不好？说什么一个小时抽1800多立方水，这不是胡说吗？当时我这个脾气忍无可忍，连车带机器都给他们砸啦。"他们的躁动不安，他们的积愤抱怨，我们是可以理解的。亲属和矿工们的过激行为，只能促使我们对新闻媒体的不务实报道进行更深的思索，而不能抱怨他们。

其次，便是这次事故产生了"两个奇迹"的说法：一是矿工们创造了坚守生命的奇迹——153名工人绝地求生，吃松树皮，喝井下凉水与死神展开殊死较量；二是抢险者创造了救援的奇迹——多方力量组成的一线救援大军不舍昼夜、连续作战。"奇迹说"被众多媒体特别是主流媒体采用，媒体纷纷发出了《不抛弃不放弃 王家岭矿难救援谱写生命奇迹》《山西王家岭矿难救援：八天八夜的生命奇迹》等类似标题的文章，仿佛是一场营救"欢乐颂"。

这样的做法不免有些夸张，不少网友很是反感，纷纷质疑。最触动人心的一个质问是：难道要把一场丧事当作喜事来办吗？其实很多时候，我们不止一次地经历过将"事故异化成庆功会"的怪象，而事故发生后的监管责任，被救援工作的努力所掩埋。在"我们见证奇迹"的时候，"坏消息"不自觉地演变成了"好消息"。在矿难面前，我们要时刻谨记，希望更多的人获救是首要目的，我们宁可不要这样的奇迹，也要文明管理，要科学，事故是可以避免可以控制的，媒体不应限于"庆功报道"的模式，而应实事求是地认真报道，探寻事实真相。

（三）政府的相关政策法律不到位

"悲哀不悲哀？数以亿计的农民工，也可以叫中国农工，在各自的就业区，很难找到自己的工会组织，基本权利就得不到保障。2008年元月，中国出台了《劳动合同法》，至今形同虚设，既难以操作，又无法落实。国有大企业的工会组织，照着老样子运行，对保障农民工合法权益不起多大作用。甚至还和企业一起，雇用律师，要求规避《劳动合同法》的招数。"王家岭煤矿虽然是一家国有大型企业，但其招工却都是私人包工队雇用农民工，来到矿上打工劳动，也就是说，他们都是非正式的，不享受任何福利待遇。他们都是由包工头招来，都是兄弟亲戚关系，而他们的工资也是由包工头来发，跟矿上没什么直接关系。所以，悲剧酿成之后，那份遇险者名单也需要反复核对、肯定否定半天，来之不易啊！我们应该加强保护劳工权益的政策法规的出台，并且加大力度实施，不应将煤矿集团、监管部门的责任模糊下去。

另外，对于媒体虚假报道，也是因为中国久久忽视了新闻法的出台，使广大从业人员每遇难题辄无法可依，领导尺度、开会批评就是法，从业人员直不起腰来，弄僵就会丢掉饭碗，导致新闻报道丧失了基本的真实与透明。所以要想改变媒体"冰山一角式"的报道方式，从"点到为止"到"积极正面参与"，应尽快制定相关的新闻法律法规，保障媒体公正追求，同时加强新闻行业自身的管理和规范，这样才能真正把以人为本的精神落到实处，才可以减少大伙儿的质疑。

二 直面真情

千米地层深处，大水横流，这里没有战火硝烟，这里不见天日，只有在沉寂寒冷的底层无声地和死神对峙。也许这样是最可怕的，因为死神不是瞬间来袭，而总是长时间慢慢折磨你、侵蚀你的身心，让你精神奔溃。井下是这般痛苦，同样，井上尚且安好？救援人员也好，亲属也罢，都在日夜煎熬，抑或希望抑或绝望，总揪人心。

（一）对未知井下的痛苦揪心期盼

"战士的责任重，妇女的冤仇深。面对未知的井下痛苦揪心，妇女在矿山的一声声哭泣，都再一次警醒我们，每个矿工的生命安全，都牵连着一个大家庭，也牵连着更多柔弱的心。""我谁也不要，我就要我老汉，你再拉我，我就挖你。怎么走的，从哪里来的，我现在都记不住。"陈秀芝哭闹着，内心的悲伤、痛苦、抱怨、绝望、焦虑、积愤……是可想而知的，她日夜守候在矿口旁边，焦急地盼望着自己的丈夫平安无事。当时，怀疑造假人太多，亲属们警告现场救援人员"迹象和真相都瞒不了我，你们看着办吧"。她们没有过多的言辞，只留着简单一句话，在紧要关头时，都选择了"沉默"，我想：也许是她们不愿在这千钧一发之际打扰救援人员，让他们认真地投入救援的紧张忙碌中吧！除了她们还有痛苦焦虑中的老煤炭们，"方案是我定的，是我强制实施的，压力特别大，底下的人生死不明，我真是把自己给拼上了，连续62小时一眼没眨"，唐茂德焦急地说道，"在井下连续待了3天3夜，嗓子哑得连话也说不出来，我就比画，打哑语"；七矿透水矿难的高润泽老人，以自己的切身体会给这次救援提供了很多精神上的帮助，"共产党人要做人民的儿子"，这句话如雷贯耳，值得深思；有主动请缨参加救援的地质局领导白秀平，他靠着自己丰富的经验，快速地打通生命通道、信息通道、通风通道，为解救井下被困人员提供了巨大的精神支持和技术保障……他们再累也不能喊累，是救活人给了他们力气，他们的焦灼一点也不亚于亲属们。

（二）重见天日"大团圆"的激动

真说不清，这是人间莫大的悲哀，还是隆重的快乐。矿工们总说这样一句话借以自嘲自慰"反正追悼活动没有咱的份儿了，悼词里删去咱的姓名了"。文中这样一句看似轻松的话，背后的辛酸苦楚谁能体会。5日凌晨，1个，2个……115个，这扇升井大门一次又一次地开启，一个个被困矿工从死神手里逃了出来，强烈的求生欲望使得受困井下的矿工熬过8天8夜。

在医院封闭式救治期间，家属们只能在楼下频频投以笑意，打手势传达心语。更多的时候他们只是默默望向对方笑、哭，表面看似平淡内心却堆积了千言万语，汇成一句简单的话："你还活着，就好！"像王吉明与肖家三姐妹，得知丈夫遭难她们痛苦焦急，急匆匆赶来，齐刷刷跪在井口央求老天，她们衣服黑黑的，就像落难逃荒的一般。而当她们的丈夫获救之后，她们精神情绪得到释放，大姐肖石红说："我们姐妹仨，睡了这辈子都没有睡过的好觉，三个人都睡得非常香，一觉睡到大天亮。"可以说，她们和丈夫是幸运的。

（三）细致入微、严肃认真的医疗救助

要知道好不容易把人救上来，倘若在地面上再出差错，那将令人无比叹息。所以，医疗救助也是极其用心：为防止亮光对眼睛的突然刺激，获救矿工上到井上全部蒙着眼罩，到达医院更是封闭式管理，管约甚严，就连亲属也不能尽情欢聚。

食：因为幸存工人在井下靠吃木屑、树皮、纸张，喝凉水为生，长时间未进食。医生刚开始为病人喂食汤面等半流质食物，每天六顿到八顿，每顿不超过150克，逐渐加量。即使矿工老喊饿，也不能让他们顶饱了吃。因为他们有各种基础性疾病，所以医生给做了全面体检，进行个性化、一对一治疗。除了身体疾病外，有的矿工出现精神紊乱等创伤性精神疾病。这就更需要开导释放身心。

行：对他们的照顾就会格外严肃细致，医院外面武警林立，闲杂人等一律不能随便接近生还者。就连亲属们也不能尽情欢聚，要在规定时间规定地点，才可适当见面。在这之前要先做矿工工作，让他们不要激动；然后对家属也做了简单培训，规定三不准两不带，时间也规定15分钟，不可随心所欲。

住：除了身体上的呵护之外，精神上也不能忽视，好多矿工受到惊吓，精神极不稳定。所以要按性格情况分开住，调整心理状态，医院也不敢给播放电视抢险节目，怕激动，还专门让人测了，哪个电台没有新闻？于是每个病房锁定央视三台节目。他们的想法很简单，就是要让矿工们躺着抬进来，站着走出去。

三 灾难反思

以往曾有过类似巨大的煤矿事故，可遗憾的是，我们并未真正地正面关注过，正所谓"前事不忘后事之师"，这样的经验教训，我们应该汲取，时刻警惕，才不会导致无数脆弱的生命归于毁灭。人在生死之间，不过隔着一层窗户纸，生存还是毁灭，全在一瞬间。我们要主动采取措施，而不是一次一次地被动救援。我们要真正地给予关怀，维护矿工的生命与尊严，不用遗憾来掩盖丑陋的事实悲剧。

（一）关爱煤矿生产安全，维护矿工生命与尊严

"我想到，这场发生于1960年的'大同矿难'与1949年的'车七矿难'，其成因虽然多有差异，然而有一点是共同的，那就是在激进的政治革命背景下，急功近利，漠视生命，以严重的官僚主义代替崇高的科学精神。"作家们之所以要从王家岭的矿难，首先追溯到发生于1949年的山东淄博矿难，然后再追溯到发生于"大跃进"期间可谓惨绝人寰的大同老白沟矿难，其意图在于借此对矿难相似成因进行强有力的探询与反思。如果说，此前发生的大同和车七两次矿难的成因，更多地与当时的激进政治有着密切关系的话，那么，这一次的王家岭矿难就是过分热衷经济效率而造成的严重后果。其实，无论是政治也好，经济也罢，归根到底，还是对于普通人生命价值一种漠视的结果。作家这样充分体现出来的深刻真诚的悲悯情怀和强有力的反思，是在告诫社会：如果平时多关注一点农民工，尊重他们，关爱他们，保障其基本的权益，这样的悲剧可能会降低，也不会有无数的生命遭到无情的毁灭。安全生产最重要，我们应知真正的民主、平等和权利。

（二）加强责任追究同时完善福利政策

王家岭矿工每天起早贪黑的高负荷工作，而脏乱差的生活环境不要说保证良好的休息，反而对他们的健康造成极大的损害，获救矿工因为长期在地下多少都有这样那样的职业病。除了身体上的伤害之外，内心

也饱受磨难,因为企业混乱管理,在此之前已经出现矿工莫名死亡,只是拿钱悄然了事的现象。这样潦草不负责的行为正是因为责任监管不到位。所以,我们要加强对企业的监管惩罚力度,让他们合法合理且最大程度地保护农民工合法权益,而对于平时的医疗服务要做到人人平等,要一视同仁,不要等到悲剧发生后,才可以住他们从来不敢奢望的高干病房、重症特护病房。对于员工薪酬待遇、社会保险要提高完善,对于抚恤金文中也谈到一直避而不谈,应该公开公正,向遇难矿工及难属这方倾斜。

四 人文情怀

赵瑜的报告文学中,不管体育类作品,还是社会问题类作品,都以独具特色的视角和个性化语言将思想和现实有机统一。直面现实生活,以高度的社会责任感和自觉的参与意识,从文化上批判人们嗤之以鼻的丑恶事物,还原事件真相。他关注人的生命、尊严,认为"人性至上",树立起了对生命起码的敬畏,这是他作品中永恒的主旨。他细心观察日常被忽略的以及被轻视的,结合其最真挚的爱和明辨是非的爱恨观,从个人的小悲伤看人间冷暖的大情怀。他的描写和关切往往包含着深刻的人间情怀,字里行间流露出只有尊重自然、尊重生命,人与自然、人与社会才可以和谐相处。

参考文献:

黄菲蒂:《从"问题"出发,以"问题"为归——论赵瑜的报告文学》,《当代文坛》2014年第1期。

朱蒂尼:《赵瑜报告文学论》,吉林大学,2012年。

柴然:《〈王家岭的诉说〉的内驱力》,《山西日报》2010年11月15日C1版。

曾晋华:《报告文学和新闻对真实的不同重构》,《新闻窗》2009年第1期。

黄菲蒂:《问题·典型·文体》,《湖南大学》2007年。

王晖:《赵瑜报告文学论》,《广播电视大学学报》(哲学社会科学版)2003年第3期。

王晖：《别样的反思与艺术的批判——赵瑜报告文学论》，《五邑大学学报》（社会科学版）2002年第2期。

李秋林：《论报告文学真实性的独立品格》，《学术论坛》1999年第6期。

李炳银：《报告文学的文学不等式——对报告文学的一种自我理解》，《常熟理工学院学报》2015年第1期。

章罗生：《论新时期报告文学的理性精神》，《求索》1995年第6期。

葛水平 中国作家协会会员、山西省作家协会副主席。代表作有小说集《喊山》《裸地》《守望》《地气》《甩鞭》《我望灯》等，散文集《我走我在》《走过时间》《河水带走两岸》等。中篇小说《喊山》曾获第四届鲁迅文学奖、2005年度人民文学奖、《小说选刊》优秀作品奖、第二届赵树理文学奖，《甩鞭》曾获《中篇小说选刊》2006年度优秀小说奖，《比风来得早》曾获2007年度《上海文学》奖，长篇小说《裸地》曾获剑门关文学奖、第五届《中国作家》鄂尔多斯文学奖、山西省五一劳动奖章等。其中小说《喊山》被改编成电影，编剧的电视剧有《平凡的世界》《盘龙卧虎高山顶》等。

葛水平小说创作中"形而上的反抗"
——以小说集《我望灯》为例

张林霞

一 "形而上的反抗"及其本土化

加缪在《反抗者》一书中指出：形而上的反抗是人挺身而起反对其生存状态与全部创造。它之所以是形而上的，是因为它否认人与创造的目的。诚然，加缪提出此概念的背景无论是从时间上还是范畴上都与我国本土的文学视阈差别甚巨。但从20世纪20年代开始，我国本土一批作家的创作中出现了与之相似而又迥异的"形而上的反抗"，其中尤以鲁迅为代表的乡土小说类作家为主，"京派""海派"小说也有类似表现。"反抗"本体是一个内涵甚广的文学母题，"形而上"为"反抗"本体又注入了生存状态这一内质，让其在我国近代、现代、当代文学作品的创作中成为一种精神的呈现。陈思和先生曾指出，这种反抗类型的对象主体"大都是抽象的、虚拟的和模糊的"，是一种"无形无相"之物。这种对"无形之物"的"形而上的反抗"，意在从本体论的角度展示出个人对生存环境的批判。

在近现代文学史上，针对"反抗"这一概念进行创作的典范作家当属鲁迅。他在文学创作中体现出的"形而上的反抗"意识尤为明显，尤其是"形而上的反抗"精神中体现出的批判意识和精神性拷问。"反抗"一词本身并无过多精神指向性，但是与中国近现代的历史相结合，就有了非同寻常的意义，这一特征在当代乡土小说作家葛水平的创作中可见一斑。

二　形而上的反抗形式

加缪指出，反抗诞生于无理性的场景与不公正的难以理解的生活状况。葛水平在小说中体现的主人公试图超越主体"无理性的场景"以及"不公正的难以理解的生活状况"，即"形而上的反抗"的方式大体上分为两种：一是精神之"形而上的反抗"，这一反抗形式出现在事态发展的过程中，反抗主体力图扭转可能出现的结局，但是由于生存环境本身的限制，这一反抗不能采取激烈的直面冲突，取而代之的只能是心理上的反抗，这种反抗或多或少会影响反抗客体，即主体存在状态的发展态势；二是行动之"形而上的反抗"，这一反抗形式出现在事态基本定型，反抗主体已然可以预见到或者看到事态发展的结局。但是由于结局本身的残酷性和毁灭性，反抗主体在经历过心理沉沦和环境崩塌之后，通过某种行为尝试"重建"生存状态和秩序，但是这一"重建"本身是虚无的，它唯一的效用是带给反抗主体精神上的解脱和重释，并深化创作主题和人的"存在"这一哲学母题。

（一）精神之形而上的反抗

在《过光景》《成长》等作品中，葛水平不仅揭示了反抗主体生存深渊的恐怖性和主宰性，而且也侧面描述了人在这一深渊中的精神性挣扎和反抗，以及由于挣扎反抗的无效所带来的心灵"异化"。

在《过光景》中，葛水平通过"黑"这一情景性的暗示，揭示出主人公生存空间的窒息和压迫，比如小说的开头：苏红怕黑，黑像一场灾难，她的脚只要一踩在黑的地上，黑便像点燃的草一样烫[1]。此时读者能隐约感受到，这应该是反抗主体生存状态被打破后对周遭环境的一种恐惧的写照。再往后的情节中，"黑"这一氛围与一个人联系在一

---

[1] 葛水平：《我望灯》，北京十月文艺出版社2016年版，第63页。

起,"黑像村长那一张阴谋得逞后不动声色的脸一样"。"风把黑切成碎块,然后一块一块砸过来""那些黑暗下开着的花,四处都是暗的,只有那些花朵比月光还耀眼。"① 主人公苏红在面对这样一张"黑色的大网"即将吞灭其生命空间时,做出了一系列的精神反抗。在小说第四节的结尾处,苏红进行了第一次明确的精神性的反抗"……在这个家里,苏红花费的时间和受的那份苦累……她是个复杂的女人,在时间面前她努力想挣脱复杂叫自己简单一些,可日子被互相攀比桎梏着,她走不出简单,只要穷日子还在过。"② 这是小说中为数不多的主人公心理状态的直接性描述,这样的一种精神性思考无疑是一种"反抗"。苏红要反抗的究竟是什么?表象上来看,是穷日子。贫穷的出身原本不具备促使主人公发起反抗的全部条件,可苏红并非一个"简单"的女人,她不甘于像别的普通农村妇女一样庸碌一生,或许是因为她出众的外表,或许是因为家庭教育,也或许是因为天性。但反抗本身恰恰是悲剧的开始。如果不是因为年轻的苏红对生活现状的不满,苏红也不至于"失足堕落"乃至于让村长李宽成有机可乘。但她生命深处想要得到的并非是烟花似的绽放,而是长长久久的"好日子",所以才有了与王伯当的恋爱经历。就在苏红满心欢喜地憧憬未来之时,自己的"前尘往事"被揭穿,这段姻缘就此作罢,苏红想要过上"好日子"的梦想破灭,这意味着年轻的苏红"反抗"的失败。主人公处在这样的一种"反抗"矛盾中:一方面想要挣脱现实的处境,完成"形而上的反抗";另一方面,由于主体生存空间的限制和"形而上的反抗"本身的局限性,主人公的每一次行动反抗几乎都以"失败"告终。而精神性的"形而上的反抗"正是在行动的"形而上的反抗"无效或者失败之后产生的。上述提到的这段主人公的心理描写无疑就是最好的例证,它是主人公对自身反抗的一种反思,也是一种"精神性的形而上的反抗"。

在小说《成长》中,葛水平也是通过"精神之形而上反抗"展开小说主旨和内蕴的剖析。曹力大和曹丕是父子,从名字能看出父对子的

---

① 葛水平:《我望灯》,北京十月文艺出版社2016年版,第64—67页。
② 同上书,第87页。

未来含有美好的憧憬和幻想。曹力大第一次精神性的反抗，就体现在对儿子的期望上："曹家几代都是农民，到了曹丕这一辈，曹力大说什么也要解脱长期低人一等的感觉，再难也要供曹丕上学。"① 并且对于尚未发生的将来之事，已然成为曹力大的精神支柱，所以当看到儿子进网吧不思进取时，曹力大说："你的理想最败兴也该是个小学老师的工作。"② 与上述提到女性的"精神性形而上反抗"不同，男性的反抗更为直接，也更为迫切地想要改变反抗主体的生存空间与状态。曹力大和苏红有相似之处，二者"精神之形而上的反抗"都是寄托在下一代身上，所不同的是，当"反抗"失败之后，曹力大的生存空间并没有崩塌，就算在入城寻找儿子的过程中，仍然"被迫"过了一把"城里人"的瘾。但是随着曹丕的出走和寻找曹丕的失败，曹力大"反抗"的第一阶段结束。曹力大第二阶段的"反抗"是从乡亲林生口中得知曹丕的下落后开始的，"人生不吃苦头就尝不到甜头，自己不也是懂事晚，曾经也是不想念书嘛，算了，不念就不念了，能谋个生意也算是个交代。"为了搪塞自己在城里落入"陷阱"，曹力大骗曹丕的母亲道"肚里有二两墨水，给机关单位当秘书""进了机关就是干部，哪个干部愁吃喝"搪塞的理由中亦可窥见其崇拜知识，从精神层面反抗现实的依据。明知在机关当文书是自己编造的谎言，在收到曹丕汇款单时，意念深处仍然在想："我有一个初中没毕业就进机关当文书的儿子，没有一点关系就能进了机关。哈呀，就因为我儿曹丕起了个好名儿，是皇室后裔，我儿曹丕才有今天的舞文弄墨。"③ 所以他"决定过罢年去城市里的机关大院看看，今生也该知道想象中曹丕生存的环境是个什么样子"。此处的心理描写类似于拉康的"镜像"理论，谎言说得太认真，连曹力大多忘却了事物的本质，这也足以说明，曹力大精神层面对现实的"无声"却坚决有力的"精神的形而上的反抗"。

相对于曹力大而言，曹丕的"反抗"更具戏剧性。他并不想反抗

---

① 葛水平：《我望灯》，北京十月文艺出版社2016年版，第176页。
② 同上书，第178页。
③ 同上书，第208页。

他的父亲，尽管其父逼迫其读书以改变家族面貌。但在遇到"江湖人士"李明孩之后，"被迫"将自己的名字改成了曹力大，这一更改的深层意蕴在于曹丕对父亲为自己营造的生存空间的反抗。挣脱出父亲的"牢笼"之后，曹丕开始第二次"反抗"。如果说，第一次"反抗"较为"顺利"，那第二次"反抗"就附着了更多的艰辛和不易，曹力大的"造访"是此次"反抗"的分水岭，此前的曹丕对于李明孩教给他的"技艺"较为认可，当曹丕眼见曹力大对他的不屑和鄙夷后，这一"反抗"做出了改变："……从此我不卖假药了，我想学个手艺。……我说我上大学，我看到曹力大看不起我的眼神。我在广场卖药，我吆喝，他起初傻张着嘴看，我以为他欣赏我，他还是瞧不起我和我的这张嘴……""我不能过叫花子日子，耍官家脾气。我拿力气在城市里找手艺，我不相信我活不出个人样。"[①] 此时的曹丕是矛盾痛苦的，一方面他不甘心受制于曹力大为他架构的空间；另一方面，曹丕又幻想通过自己的奋斗做出让曹力大乃至乡亲另眼相看的成就。相对于曹力大的"反抗"，曹丕的"反抗"多了一层钳制性枷锁，这也能隐喻出小说结尾，曹丕"反抗成功"背后的大秘密。

（二）行动之形而上的反抗

在小说《过光景》中，主人公苏红采取行动展开的"形而上的反抗"的效果较为显著，对于小说而言，直接推动了情节的演进和冲突的升级。对于创作本身的意蕴而言，加深了主人公和形而上的生存空间与状态的矛盾，但同时也体现出主人公苏红生命的顽强、坚韧。

苏红第一次行动层面形而上的反抗就是告诉警察自己的女儿是村长李宽成的，苏红是个聪明的女人，懂得世间没有不透风的墙，迟早消息会传到丈夫耀亮的耳朵里，但她依然咬紧牙关做出了这一反抗，一是报复村长曾经的威逼利诱；二是直面自己不堪的曾经，这是一种撕去华丽伪装的决心和果敢，这是被生活压抑太久而不计后果的彻底爆发。这次"反抗"过后，一连串的波澜开始，第一个反应激烈的人就是苏红的丈

---

① 葛水平：《我望灯》，北京十月文艺出版社2016年版，第221—222页。

夫韩耀亮，但是苏红对韩耀亮的态度证明她早已做好了反抗的准备，正视自己曾经的"失足"，面对韩耀亮的质问，苏红瞪着惊恐的眼睛看着耀亮俯下来的身子："你杀我呀！"此时的苏红是一个彻底的反抗者，如果说女儿的存活是她保持一个贤妻良母的理由，那女儿的走丢就是她爆发和反抗的原因所在。这一次反抗不仅是针对当前女儿走丢的生存现实，也是对自身几十年的生存现状的反抗，尤其是曾经"迫不得已"的"失足"和因此而遭受的"背弃"。无论是木匠王伯当的薄情寡义还是村长李宽成的试探和步步紧逼，都是苏红心中隐隐作痛的疮疤。所以，这次反抗是苏红对形而上的一次总爆发，尽管方式不够激烈，但也是主人公心理上试图冲破形而上困境的一种努力。

与第一次反抗相比，第二次反抗显得肃穆而平和，它出现在文章的结尾处，在母子的对话中完成。

苏红说："你姐找下的对象可好，是大学生，家在外省，过罢年就领证，领证后就结婚。你可要争气，不要天天进网吧，要好好上进，有一天你要超过你姐，给你爸领回一个大学生对象来。""活人容易活好难啊。"①

……

这一反抗的出现有些许的出乎意料，毕竟丽丽的结局在前文中已经交代清楚。如果说第一次反抗是呐喊式的反抗，那么这一次是微笑的反抗，于无声处彰显出主人公不畏命运与现实的压迫，依然表现出对未来美好生活的期待。这一反抗所带来的艺术效果，很明显超越了前一次，最直接的表现就是村长李宽成。第一次的反抗，苏红站在了村长李宽成的对立面，甚至站在了全世界的对立面，她对自己多年的遭遇和经历表现出了决绝的抵制，是对压抑太久的一种灵魂式释放，但是这一释放很明显也让自己处于尴尬的境地，苦心隐藏了多年的秘密一朝被人知晓，属于"自杀式反抗"，也是人最本能的反抗。第二次反抗是带着"神性"和"灵性"的反抗，也正是这一反抗使得主人公乃至于整个故事有了某种光晕的笼罩，具有了艺术性。

---

① 葛水平：《我望灯》，北京十月文艺出版社2016年版，第113页。

同样的反抗也发生在小说《成长》中，曹丕这一主人公第一行动层面的形而上反抗就是离家出走，确切地说是无目的的离家出走，或者说是负气式的离家出走，这一反抗最直接的对象是其父——曹力大。在我国传统文化的教育里，父亲在家庭中的统治地位根深蒂固，曹丕的这一直接反抗带有"革命性"，但反抗之后的曹丕就如出走后的娜拉，并无任何方向。

第二次反抗发生在曹力大见过曹丕后，曹丕出走本是为了反抗其父的着意安排，但却未能得到父亲的认可，开始了第二次反抗。在小说的设计中，第二次反抗是短暂空白后的反抗。

王刚乡长说："你们曹丕给乡里做大贡献了，县里的三干会他主动给会上演出，那是风光啊，把书记、县长看得是哈哈大笑，不时地竖大拇指，说咱乡里外出的人不忘家乡父老，这就是干群关系搞得好嘛……"①

乡长口中的这一"事实"预示着曹丕行动之形而上的反抗的"成功"。这一"事实"在小说中极尽铺排，用了三四页的篇幅，这不仅对曹家营的百姓来说是个新闻，对读者而言也是极大的心理悬念，这一悬念就是：曹丕究竟出息成什么样子了。这一反抗看似成功，但在小说结尾作者给出了答案：曹丕和杂技团签下了合约，曹丕的两场演出和曹丕的团长职务是要曹丕三年不挣一分工资来还，一切都是为了人在人世间的一双眼睛。随着这一幕后事实的揭晓，小说戛然而止，没有后续。

三　形而上的反抗结局

无论是精神之形而上的反抗还是行动之形而上的反抗，在葛水平的创作中，结局都不是过于明朗，但也不属于留白。以《过光景》和《成长》为例，这种结局安排包含两个方面的意蕴：无望之望和精神胜利。

---

① 葛水平：《我望灯》，北京十月文艺出版社2016年版，第223页。

（一）无望之望

葛水平小说中的主人公大多生活在农村，恰如诗句所言：兴，百姓苦；亡，百姓苦。这里的百姓自然更明确地指向是农民，相对于城里人，农民自身天然携带着作家感兴趣的元素，那是生命最本真的状态：身处蛮荒之境，却不甘于雨打飘零而去，此种情境下的生命力更具华章和色彩，越是反抗中的个体，越能体现出生命的微小与磅礴。

《过光景》中苏红比之普通的农家妇女更添困苦艰难，家境和出身导致她在婚嫁的年纪"吃了大亏"，无奈带孕嫁给了家境贫寒的韩耀亮，但这并不是平静人生的开始，女儿的走丢揭开了苏红掩藏已久的秘密。论相貌苏红是佼佼者，否则不会引得村长和韩耀亮的爱慕；论才干，苏红嫁给韩耀亮后勤恳持家，从见不得皂腥味儿到能买得起四轮车，可见其才干亦不俗。可命运偏偏不济，日子明显有起色的时候女儿走丢了。女儿丽丽在小说中的塑造不多，却像是苏红的影子一样，天生丽质，不服输爱闯荡的性子，可不就是当年的苏红吗，所以在苏红心中，女儿是自己生命的延续，希望她可以帮自己收拾起当年的不堪。可苏红所有的希望都只能算作"无望之望"，女儿走的依然是自己的老路。

以上所述只是其一，在小说的结尾，有一个人物姗姗来迟，苏红和韩耀亮的儿子。文章提到他时，是这样描述的："你可要争气，不要天天进网吧，要好好上进……"由此可见儿子在外地上学，但是学习并不认真，常进网吧，这在不经意间隐隐透露出，这个韩耀亮的"命根子"，并不能撑起这个破碎的家，自然也不能让苏红的心愿得偿，这也是小说结局"无望之望"的隐晦表现。

同样的"无望之望"结局出现在小说《成长》中，曹丕这一名字本身承载着整个曹家的希望，很快这一希望就随着曹丕的离家出走变成"无望"。但是这并未改变曹家寄予曹丕的希望，曹父找不到曹丕时谎称曹丕在市政府给领导当秘书，这个谎言如同《过光景》中苏红谎称女儿在当幼儿园老师一样，是"无望之望"。谎言说得久了，连自己都快要相信是真实存在的。正如曹父所想："风声划过耳际，他看着所有张着嘴说话的人们,心里突然涌起了一个大胆的想法,我不比他们的日子差,我有一个初中没毕业就进机关当文书的儿子,没有一点关系就能进了机关。哈呀,就因为我儿曹丕起了个好名儿,是皇室后裔,我儿曹丕才有今天的舞文弄墨。"这种看似荒诞的心理活动不仅折射出丰富的人物形象和风格,更能体现出主人公形而上的反抗过程中的挣扎。

(二) 精神胜利

从鲁迅先生的《阿Q正传》我们认识到一种国民性的症状叫作"精神胜利法"。虽然斗转星移时代变迁,这一特点在当代乡土小说家葛水平的创作中依然可窥见一二。

在小说《过光景》和《成长》中,主人公面对生存环境中出现的形而上的困境,展开一系列"形而上的反抗",小说的故事情节也正是在这些反抗的推动下得以展开,读者也正是因为这些反抗才感受到作家创作的魅力和张力。但令人惋惜的是,这些反抗并未取得现实性胜利,或者说这些反抗正是主人公在确定无所依傍、无能为力的现实困境面前的一种绝望的反抗。尚存有一丝希望时,采用的是行动层面的反抗;几近绝望时,采用的是精神层面的反抗。但反抗并不会改变原有的结局,就如丽丽的悲惨死去;就如曹丕最后演的一场戏,不过是被华丽的衣裳掩盖住的伤疤,或许永远不为人所知,但却永远不会褪去。但对于主人公而言,他们需要这样的"胜利"。苏红尽管知晓自己的"嫁祸"并不会改变丽丽走丢的这一事实,但是她需要这样的"回击"作为自己发泄的方式;在一切尘埃落定,确定丽丽被害之后,苏红反而不再颓废,在小说的结尾跟自己的儿子越走越远,留给读者一个希望的背影,这种"胜利"是苏红需要的,也是读者需要的。

《成长》中亦是如此,就在曹丕父母乃至全乡全县的人都为曹丕的"出息"感到惊喜时,作家最后给出了一个无声的结局,这一结局就像艳阳后的一场大雨,浇灭了所有的希望。曹丕最终没有逃脱"形而上"的命运。但这一结局只有读者知晓,被瞒住的整个曹家营在未来很长一段时间仍然会对曹丕的团长职务津津乐道。这种"精神胜利"是曹丕所需要的,也是曹力大所期待的。谁说"精神胜利"就一定是自欺欺人呢?

结　语

葛水平的小说是黄土地上的小说，那里天高云阔，可以风清气爽，也可以藏污纳垢。她的小说总是波澜不惊地描写着生老病死，大起大落在她的笔下就像高原上吹过的风，并未留下太多痕迹，但却潜移默化地影响着生活在高原上的每一个人。

小说《过光景》和《成长》的主人公大致上是两代人，苏红、曹力大为一代，丽丽、曹丕为一代。下一代从一出生就必然承载着上一代人的希望，但命运仿佛从来不曾真正眷顾过黄土地上的生命，苏红成长中的坎坷和不幸宿命般的重现在女儿丽丽身上；同样，曹丕的命运也未能像他的名字一样给家庭带来翻天覆地的变化，两代人之间看似大不同，结局却惊人地相似。无论是丽丽的出门闯荡还是曹丕的离家出走，都未能改变生命本身的结局，无论是身处农村还是城市，他们始终不被世界真正认可。也许正因为他们看似卑微的生命，看似可笑的反抗才显得小说人物的塑造富有张力：若不是丽丽"走丢"，苏红又何尝会勇敢地正视自己的过去；若不是曹丕的反抗和离家出走，曹力大又何尝会体验一把城里让人"上瘾"的生活。他们生如微草，仿佛任人宰割，但他们从不曾真正甘心被"形而上"所控制，他们一系列的"形而上的反抗"尽管并没有取得预想中的结局，但正是因为这些反抗，让生命本身得到尊重，也正是因为这样的反抗才使得这片黄土地春秋交替，生生不息。

参考文献：

杨有庆：《时代的异乡人与形而上的反抗》，《南方文坛》2014年第5期。

吴玉杰：《穿越生命的灵舞——葛水平小说创作论》，《小说评论》2011年第4期。

孟繁华：《葛水平小说论》，《文艺争鸣》2008年第2期。

赵栋栋：《场域中的女性"幸福"——以葛水平〈甩鞭〉为例》，《社会科学论坛》2017年第2期。

王锐、宋云：《葛水平小说漫谈》，《当代文坛》2008年第1期。

女性 身份 历史
——以《甩鞭》为例

赵栋栋

从远古到当下，人类社会经历了由母系氏族社会到父系氏族社会再到当代社会的演进。女性的身份在这种演进中陆续变动。她们作为母亲、作为妻子、作为情人，女性的三重身份与她们天然具有的劳动、生育、被消费三重功能相互勾连。男性对女性三重功能的重视与强调程度决定了女性地位的变化，进而形成了女性身份的历史。这个历史在葛水平的《甩鞭》中清晰地呈现出来。

葛水平尤其关注女性的生存状态，其文本不断地梳理着女性的生存轨迹，显露着女性命运的历史。《甩鞭》讲述了王引兰的悲剧一生。自幼被母亲卖到李府做丫鬟的王引兰，因其貌美而不为李府太太所容，并意欲置其于死地，后来被乡下富户麻五所救并成为其小妾。在窑庄，麻五十分宠爱她，但这样的幸福生活伴随着麻五在土改中死于非命戛然而止。麻五死后，王引兰改嫁李三有，就在她打算死心塌地做李三有的妻子之时，李三有也坠崖而亡。无所依托的王引兰只得和麻五家的长工铁孩再回窑庄。铁孩对王引兰的美貌垂涎已久，当其大意吐露出麻五、李三有均遭其毒手之时，王引兰杀掉铁孩并斩断了自己对幸福的追求。这是王引兰与三个男人在一起的三段生命，恰是对女性三重功能各有不同侧重的强调，亦显示出了上述三重身份。

一 历史中女性的功能

在社会历史发展中,女性的身体承载了劳动、生育和被消费三重功能。而随着社会历史的发展,女性的三重功能呈现出递减的趋势。

(一) 劳动功能

在母系氏族社会,由于人们的活动范围太过闭塞,多局限于本氏族部落内部,为了生育,为了本族的长久存在,群婚制度应运而生。由于原始时期人们看中的是谁能生,而忽视为谁生,于是出现了只知其母不知其父的社会现象,同一女性所生产的后代便自觉地聚集形成氏族,氏族成为人类赖以生存的保证,人们集体劳动,共同享用劳动产品,财务也由集体继承,任何人都不能随意支配。

在氏族内部,她们互相保护并按照性别和年龄进行分工:青壮年男性负责捕食和防御野兽等任务;女性则负责采集、烧烤食物、缝制衣服、养育幼子等繁杂任务;而老人和小孩只负责辅助性任务。在这简单的分工中,女性劳动范围远广于男性,而且女性的采集工作相对于男性的狩猎工作来说具有一定的稳定性。同时,女性在采集中发现了植物生长的规律,经过实践和总结,她们发现并培育了农作物,保证了人类有可靠的生活来源使人类得以生存。因此,女性在劳动方面的优势使之居于主导地位。

由于女性在社会生产和继承体系中发挥着重要的作用,母系氏族社会的管理是以年长的妇女为氏族长。她是由氏族部落的成员共同推举的,氏族首领主要负责指导生产、管理生活、与外界联络等。在这一系列的决策过程中女性发挥着最重要的作用。在中国古代传说中,女娲炼五色石以补苍天、积灰止水等都反映了母系氏族社会受人尊敬的妇女带领先民与自然界进行艰苦卓绝的斗争情形,歌颂了女性在社会生活中的重要作用。

在这一时期,女性养育后代、指导生产的功能使之"母亲"身份得以彰显,正是这一身份维持着氏族部落的稳定和长存。

（二）生育功能

在原始社会中，人是一切的一切。有人，氏族部落才可以长久存在；人多，部落的安全便可以得到保障。由于人自身生产是完全依赖女性的，并且借此功能使得氏族部落繁衍壮大，这也就意味着女性是不可或缺的。尤其在母系氏族社会，生存环境的恶劣使得女性的养育功能显得更加重要。当时人类对社会缺乏足够的认知，女性便自然而然地被视作神一样的存在。在母系氏族社会中，氏族部落更像是一个大家庭，但并不是现代所认为的夫妻家庭，而是以女性唯马首是瞻的氏族家庭。

在父权时代，社会生产力水平提高，男性的体能优势逐渐显现，占据了经济领域的主导地位，成为经济生产活动的主要承担者，女性的劳动功能逐渐弱化。随着男性劳动生产的成果的逐步稳定，剩余的劳动产品也随之增多，这时出现了财产的观念，自己的财产由谁继承便成为父系社会男性关注的重大问题。女性的生育功能因此受到重视，"传宗接代"成为女性的主要任务，家庭也因后代的出现而完整。当后代逐步成长可以独立组成家庭后，便开始脱离家庭，此后，女性的生育功能开始弱化并成为男性的陪伴者，女性的身份也由"母亲"转变为"妻子"，"妻子"和"丈夫"之间保持平等并陪伴彼此走完余生。

（三）被消费功能

在封建时期，社会滋生出的一些道德标准对男性和女性起到了不同的社会作用。他们对女性提出的一些"愚女"教育，使她们不仅没有意识到自己的生存现状，反而将她们的反抗意识扼杀，丧失了争取平等、与社会抗争的能力。在近代社会，政治、经济、文化方面发生了巨大的变革，新思想的传入使得女性开始重新思考生命的意义，并重新定位自己的社会身份。新文化与旧思想的交锋带给她们的是双重思想的碰撞，一方面，她们依靠经济独立主张女性自由；另一方面，却深陷"贤妻良母"的囹圄无法自拔。

在现代社会，女性虽然进行了一些抗争，但是却没有从根本上撼动男性的主导地位，反而随着商业时代的到来逐步沦为"情人"的角色。

花枝招展、风情万种的女性被展示在荧屏上、橱窗里，展现的正是物化与被物化的女性。如果说，女性不"为悦己者容"，而是自身的内在追求，那么她们所做的一切无可厚非，然而这些形象极力凸显其肤浅表层，为的就是满足外部的社会需求，这些社会需求的提出者正是出于主导地位的男性消费者。他们表面上消费的是商品，实质上却是展示商品的女性形象，这一"产品"作为"被观赏"的对象，满足了男性的审美需求和欲望市场。在男性的欲望得到满足后，他们便心甘情愿地为女性"买买买"，女性因此而得到极大的满足，仿佛自己得到了极大的尊崇，殊不知，这样的"尊崇"是以自身首先"被消费"为前提的，然而父权思想和商业营销的结合遮盖了女性"被物化"的事实，使得女性仍乐此不疲地充当着男性的安慰剂。女性的躯干沦为物品，不断被人消费观赏却浑然不觉，这一思想逐步内化，使她们已经分不清自己是在消费商品还是被当作商品在消费。

在这一阶段，女性完全丧失了自主表达意识的场域，她们一步步地被物化甚至顺应着"被消费"的社会环境，并或多或少地推动着它的发展。尽管人类历史上经历了多种社会形态的变迁，但是，女性——这个原本与男性完全平等的群体，从来没有被完整而又本真地展示过。

二 王引兰与麻五

《甩鞭》中的女主人公王引兰十一岁时被卖到李府做丫头，在李府，王引兰以劳动为生，女性的劳动功能得以彰显。李府老爷觊觎她的美色，因此引起了李府太太的不满，并要置她于死地。麻五的出现使其发现了"生机"。麻五是地主，靠倒卖木炭致富。富起来的麻五首先想到的是纳妾。纳妾一方面是基于对女性美貌的垂涎，但更多的是为了繁衍，即看中女性的生育功能。之所以看中王引兰的生育功能，原因在于其原配倪六英这么多年没有给他添一子半女。

本来王引兰的美貌就让麻五喜不自胜，当王引兰与倪六英同时怀孕之后，麻五更是对她宠爱至极。她的生育能力使得她的地位得以提升。倪六英难产而死后，麻五十分伤心，用上好的棺材安葬她，并觉得亏欠了倪六英。倪六英在怀孕之后的地位与之前比是上了一个台阶的，这就体现了女性地位和生育能力是分不开的。

钥匙原来是由倪六英保管的，倪六英死后，麻五将钥匙收了起来，王引兰向他要，麻五却说"等你给我养了儿就给你"。王引兰的生育功能决定了她是否能拥有这串钥匙，钥匙决定了她在家庭中的地位。如果王引兰的生育功能足够强，为麻五生了儿子，麻五也没有死，那么他们将组成一个完整的家庭，王引兰也会将孩子养大，并掌管这串钥匙，在家庭中也将占据主导地位。何以具有主导地位呢？其实质不仅在于"生"，更关键在于"育"，"育"本身便是对劳动功能的体现。由此可见，麻五也是重视消费功能的，初见王引兰时他觉得"这个女人不能让人多看，看多了有想法"，但他更在意的是王引兰的生育功能，生育功能是作为母亲的女性所特有的，生育功能对女性的身份地位影响巨大。

三 王引兰与李三有

麻五在被批斗时离奇死亡，王引兰为求生存改嫁李三有，她的再嫁行为突破了传统的封建模式，但王引兰依然把男性当作生活的保障，认为"女人小时候活娘，长大了活男人"，嫁给李三有是为了"找一个靠背"。在嫁到六里堡前夕，李三有见了王引兰，他知道她是地主的小老婆，而且有一个女儿，但是王引兰的美貌吸引了他，他觉得"她年轻时一定是个仙女"，而且自己年纪也大了需要一个伴儿。于是他决定娶王引兰。在他们二人组成的家庭中，王引兰没有为李三有添子女，她发挥的主要是陪伴功能。这种陪伴功能发挥作用的原因主要有两点，一是李三有是有原配妻子的，他死后要和原配合葬；二是王引兰也有自己的原配——麻五，她死后也是要与麻五合葬的，他们二人达成共识后就不会"辜负"各自的原配，所以在这一阶段，王引兰作为一个"妻子"，其陪伴功能是受到重视的。王引兰在窑庄时，只一心做她的"阔太太"，过着养尊处优的生活，而到了六里堡，王引兰开始回归家庭生活，陪伴李三有成了她的主要任务。李三有早起砍树，她便早起给他做饭，甚至陪他一起下地杀高粱，并学习识别野菜。李三有是王引兰的依靠，王引兰以"妻子"的身份陪伴着李三有,正是他们二人对彼此的依赖维持着婚姻的稳定。

因此,在六里堡,李三有虽然重视女性的消费功能和生育功能,但他更重视的是王引兰作为"妻子"的陪伴功能。

四 王引兰与铁孩

铁孩是王引兰生命中的最后一位男性。他是麻五用两张羊皮暖腿换来的,他憨厚老实,在麻五家做了十年长工。当他发现自己在窑庄干活没有得到回报时,便决定不干了,麻五便答应他去城里带个"粉娘"回来,先要了她就让给铁孩,麻五的话像一粒定心丸让铁孩甘愿在麻五家做着长工。等到麻五将王引兰从城里带回来后,麻五却食言了,甚至不让铁孩多看她一眼。王引兰年轻貌美,铁孩第一次见她就说"怎么这么好看","好看"是一种对王引兰外貌的垂涎,也是消费女性的原初起点,铁孩的占有欲因此产生,同时也加剧了对麻五的怨恨,以至于麻五在被批斗时,铁孩设计害死了他。麻五死后,王引兰改嫁李三有,铁孩再一次失去了王引兰,他带着羊皮去六里堡看王引兰,临走时他对王引兰说"你还是那样好看",而这样的好看他却不能得到,再去六里堡时,他便将李三有骗至悬崖边,以至于李三有失足摔死。第二任丈夫的死亡让她成了别人眼中的红颜祸水。王引兰人生的第三阶段由此结束。再回窑庄,铁孩觉得"王引兰的好不是脸蛋了是身段"。在王引兰人生的不同阶段,令铁孩沉醉的始终是她姣好的外貌,她一直处于"被看"的位置。"被观赏"的王引兰被铁孩定位为"情人",这样的身份决定了她不需要负责传宗接代,不需要下地劳作,只需要安守着美丽的外表满足铁孩的审美欲望。在铁孩这里,他忽略了女性的劳动功能和生育功能,而将消费功能放在第一位,把王引兰当作自己的"情人",这样的身份定位必然导致双方的悲剧性结局。

当代社会,女性随时随地都在"被消费",例如三八妇女节、双十一、圣诞节等,都颠覆了以往的传统变为"女人节""女神节"一类纯消费性质的节日。各大销售网站也早早地瞄准了女性这一消费群体开始了各式优惠活动，它们的广告代言群体中女性占绝大多数，而且活动中的消费产品几乎全是针对女性群体设计的，这在一些商品的广告语中就可以体现，比如"欧诗漫，珍珠白，白出光彩，女人就该发光"，"爱上我的大眼睛，时尚就是卡姿兰"，太平鸟女装"心动时机，更新美丽"，等等，在这些宣传语中，无论是"发光""大眼睛"，还是"更新美丽"，都是将女性放在"被看"的位置供人观赏。女性消费功能的被重视将女性定义为"情人"。

结　语

女性天然具有三种功能：劳动、生育和被消费。从母系氏族社会到父系氏族社会再到当代社会，人们对女性三种功能的不同重视程度使得女性在这三个时期分别拥有不同的身份：母亲、妻子、情人。在王引兰人生的三个阶段中，由于麻五、李三有、铁孩对女性三种功能的重视程度不同，使得王引兰的社会身份也在发生着变化，和麻五在一起时，麻五重视的是她养育后代的能力，即劳动功能，此时她的身份是"母亲"；和李三有在一起时，除了被消费功能和劳动功能外，他更重视的是生育功能和陪伴功能，王引兰在这时更像是一个"妻子"；和铁孩在一起时，铁孩则完全摒弃了劳动和生育的功能，只重视王引兰的被消费功能，将王引兰放在"被看"的位置，所以王引兰的所对应的身份是"情人"。由此可以看出，王引兰身份的变化与人类历史发展过程中女性身份的变化是一致的，反映的是女性功能不断递减的趋势。

参考文献：

葛水平：《甩鞭》，《黄河》2004年第1期。

葛水平：《我和我小说中的乡村女性》，《名作欣赏》2010年第10期。

赵国华：《生殖崇拜文化略论》，《中国社会科学》1988年第1期。

韩贺南、张健：《新编女性学》，首都经济贸易大学出版社2010年版。

费孝通：《乡土中国　生育制度》，北京大学出版社1998年版。

葛水平：《喊山》，花城出版社 2016 年版。

郑宗荣、李俊：《〈甩鞭〉的生命意识》，《重庆三峡学院学报》2014 年第 6 期。

赵春秀：《缘于对男性话语权的认同》，《文艺争鸣》2012 年第 9 期。

赵栋栋：《葛水平的〈甩鞭〉解析》，《小说评论》2013 年第 6 期。

陶杰、郑必俊：《中国女性的过去、现代与未来》，北京大学出版社 2005 年版。

场域中的女性"幸福"

——读《甩鞭》想到的

赵栋栋

一 问题的提出

在《社会学：批判的导论》中，吉登斯谈到性别问题时说："对女性而言，其不平等的待遇主要发生在家庭之中。女性对'家庭意识形态'的接受，意味着她们对家庭之中性别剥削的接受。只要性别剥削仍然植根于家庭之中，那么，资本主义劳动工业的改造和人道化也就未必能够保证一定可以消除这种剥削现象。"可见，吉登斯认为男女之间不平等的根源在家庭之中，主要是由于女性对于"家庭意识形态"的接受。只有彻底摒弃了"家庭意识形态"，消除了家庭内的性别剥削，女性的解放、男女的平等才会真正成为可能。

吉登斯针对资本主义社会女权运动的言论可谓真知灼见，他将之前女权运动者一直争取的工作、政治等领域的平等诉求直接拉回了家庭，对于女权运动的进一步发展提供了一个明确的方向，对于认识当下社会中女性追求性别平等以及性别解放的过程与行为具有借鉴意义。针对吉登斯的主张，借布迪厄的场域理论对女性的"家庭意识形态"进行分析，我们则会对女权运动的美好前景产生一丝忧虑。因为女性接受"家庭意识形态"在一定程度上是无意识的或是迫不得已的，也就是说，对于女性而言，摒弃"家庭意识形态"在一定程度上并不会是一个主动的行为。吉登斯的主张可能只有理论意义。

二 场域中的资本

对女性，特别是下层女性的关注，一直是葛水平创作的重心，其文本一再展示着女性对幸福的追求。《甩鞭》就讲述了一个关于女性追求幸福而最终不得的故事。小说主人公王引兰年幼的时候目睹了老财娶妾经过油菜花地的场景，在内心深处憧憬着"长大了也坐着花轿穿过油菜花田嫁人去"，渴望梦想照进现实。被母亲卖作城里李府丫头的王引兰由于长得漂亮被李老爷垂涎三尺，甚至因为漂亮差点丧命。在麻五的帮助下，她逃出李府并嫁给了麻五。麻五对她疼爱至极。王引兰要求麻五种下满山坡的油菜花供其陶醉，麻五满足了她的要求。王引兰体验到了自己渴望已久的幸福，但幸福的生活非常短暂。在土改中，为了一个没有被践行的承诺，麻五被家中长工铁孩加害致死。王引兰嫁给了李三有。铁孩为了占有王引兰，把李三有骗至山崖使其坠崖而死。就在马上可以与王引兰组成家庭时，在欲望的驱使下铁孩将事实说漏了嘴而被王引兰杀死。随着与自己生命紧密连接的三个男人先后死于非命，王引兰渴望的幸福丧失殆尽。

女性要求解放、争取与男性的平等的过程其实就是追求自身幸福的过程。但是，幸福存在于一定的场域之中，场域中的关键因素对于"幸福"具有限定，这一点我们可以从葛水平的《甩鞭》中清晰地看到。

这个故事是发生在民国时期的上党地区的，上党地区的自然风土人情天然地成为故事的场域。"从分析角度看，一个场也许可以被定义为由不同的位置之间的客观关系构成的一个网络，或者一个构造。由这些位置所产生的决定性力量已经强加到占据这些位置的占有者、行动者或体制之上，这些位置是由占据者在权力（或资本）的分布结构中目前的，或潜在的境遇所决定的；对这些权力（或资本）的占有，也意味着对这个场的特殊利润的控制。另外，这些位置的界定还取决于这些位置与其他位置（统治性、服从性、同源性的位置等）之间的客观关系。"在文本中，资本成为王引兰追求幸福的必要条件，也成为其他人物与王引兰发生联系的必要条件。文本中的人物凭借着自身的资本与他人相互竞争与转换。

(一) 场域中的文化资本

在布迪厄的理论中，资本指的是行动者的社会实践工具，这种工具是行动者积累起来的劳动，可以是物质化的，也可以是身体化的。文化资本是行动者对某种文化资源的占有。在文明社会中，文化领域已经跃居社会生活的首位。布迪厄把文化资本分为身体化的文化资本、客观化的文化资本和制度化的文化资本三种。布迪厄认为文化资本在再生产社会等级的过程中发挥着重要作用。

王引兰拥有身体化的文化资本。"她十一岁上和母亲从安徽来晋王城讨饭，三块大洋被李府买过来。……在李府做丫头长到十六岁，被李家的汤水喂养得如花一般，李府老爷看她就多了一层意思。"十六岁的王引兰出落得非常漂亮，对异性产生了体质性吸引。这种体质性吸引不仅对李府老爷发生作用，而且也对文本中的其他男性发生作用。这种体质性吸引就是王引兰的身体化的文化资本。

李三有死后，王引兰再次回到窑庄。当她在面对窑庄妇女的嘲笑时，王引兰内心中对抗，"想大小我也是在城市生活了十几年的人，你们懂什么？懂油菜花田别样的春天吗？懂婚姻吗？就知道和男人黑宿，我是命不好，可懂春天，懂四季给人的好，怕你们啊，就决定走过去。"王引兰对自己在李府中做丫头所获得的见识引以为傲。一次间接的"启蒙"，一次直接的"炫耀"，凭借着身体化的文化资本，王引兰期待着能够获得生命中的春天。但是王引兰获得"春天"的过程也是与同一场域中具有经济资本的成员对抗与融合的过程。

(二) 场域中的经济资本

布迪厄认为经济资本是由生产的不同因素（诸如土地、工厂、劳动、货币等）、经济财产、各种收入及各种经济利益所组成的。在小说中，拥有经济资本的人是李府老爷、麻五、铁孩、李三有等。李府老爷是城中大地主，其所居住的城市便是以经济资本为主要依赖的。李府老爷凭借着自己所拥有的经济资本企图霸占王引兰，李府太太也是凭借着经济资本企图杀死王引兰以维护自己的身份与地位。麻五先是窑庄的富户，后来凭借着自己的辛勤劳动与勤俭持家成为拥有短工与长工铁孩的土财主。其经济资本是靠劳动获得的，得到过麻五承诺的铁孩有一身力气，在土改中分得了麻五的部分财产而拥有了经济资本。李三有是六里堡的中农，凭借土改拥有了经济资本。这些拥有经济资本的社会成员与王引兰发生了各种联系，为王引兰带来了各种幸福与伤害。

（三）场域中的象征资本

象征资本是用以表示礼仪活动、声誉或威信的积累策略等象征性现象的重要概念。获得了声誉、威信，就等于获得了象征资本。城中李老爷作为李府的主人是具有象征资本的。麻五作为窑庄的土财主也是具有象征资本的。小说题名为"甩鞭"，所甩之鞭、甩鞭动作与春天的联系是被人为地建构起来的，所以"甩鞭"是一个象征性意象。小说中还出现了王引兰所钟爱的油菜花。王引兰喜欢油菜花，让麻五为自己种油菜花，每天欣赏油菜花并且想象与体味自己的幸福。所以，油菜花也可以看作是象征资本。

（四）场域中资本的较量与转化

场域的一个重要特征是它为各种资本提供互相竞争、比较和转换的一个必要场所；反过来，场域本身的存在及运作，也只能靠其中的各种资本的反复交换及竞争才能维持，也就是说，场域是各种资本竞争的结果，也是这种竞争状态的生动表现形式。因此，任何一个场域始终都是个人或集体的行动者运用其手握的各种资本进行相互比较、交换和竞争的一个斗争场所，是这些行动者相互维持或改变其本身所具有的资本，并进行资本再分配的场所。每一个行动者一旦参与到某一个特殊场域中的斗争，也就利用其历史积累和原有的资本，依据其所占有的社会地位，通过场域中的特定相互关系网络，而同其他行动者进行多种形式的策略性斗争。

人人都渴望自己能够幸福，小说中的人物也是如此。但是每个人认定所追求的幸福却是不相同的。这种不相同是由其所拥有的资本所决定的。李府老爷占据了大量的经济资本和象征资本。"李府老爷"是其象征资本，花钱买王引兰是其经济资本。凭借两种资本以及对王引兰的身体性文化资本的着迷，他与王引兰展开了资本之间的较量，经济资本使王引兰受制于他，象征资本使王引兰被其威慑。所以在这场资本的较量中，王引兰迫于两种资本的压抑，没有丝毫反抗的可能。之所以没有反抗，是因为王引兰对这种压抑是无意识的。这种无意识是生存心态对她的影响造成的。这种被压抑，直到两人的事情被太太发现并要"打死她！打死这个惑乱人心的烂×"的时候，王引兰才察觉并产生了逃跑的心思。

王引兰发现了一年多来自己眼睛里从来没有多看过的麻五。见过但没多看过，说明王引兰压根就没有看上过这个将会给自己带来一段幸福生活的男人。之所以没看上，完全是由于外貌与身份。论外貌，"麻五长得细瘦，小眼睛，肉头鼻子，整个五官看上去有点不成比例"。论身份，麻五是一个为李府送炭的乡下人。由于地位的不平等（李府的下人与乡下人）及外貌的丑陋，麻五的身体化的文化资本没有对王引兰产生体质性吸引。尽管王引兰是丫头，可她是李府的丫头，城市中生活的下人，是具有身体化文化资本的人。王引兰的身体化的文化资本在与麻五的身体化的文化资本的对抗中，王引兰取胜。只有当自己的生命遭到威胁的时候，王引兰才选择了麻五。但是麻五却为救不救王引兰进行思考。两人的对话内涵丰富：

领了麻五到柴房送木炭，看四下无人说："大叔你救我出去吧。"麻五说："我救你出去，我就不能来送木炭了。"柴房里散发着一股干霉味，麻五看了一眼王引兰，蒙昧的心像鼓一样敲起来。也就是说王引兰这个女人不能让人多看，看多了有想法。想法不是别的，其实说来也简单就是想掰下来，在想掰下来的前提下还有一层意思：这粉娘倒可以让我省下钱。麻五把王引兰想成一穗玉米了。这时，王引兰扑通一声跪了下来说："爹啊，救救我吧，你不救我，我就没命了。"

麻五吓了一跳，颤抖着累极了似地小声说："除非你要我掰下来。"

王引兰半天没有想明白是什么意思："要带我出去当然不会让你白来，这还用说。"

麻五想王引兰把自己的话理解错了，自己的话也太没有章法，硬板。怎么可以这样说？人家大小也是大府的丫头，眼睛里是长了大府人家铺排的，就算是拾话也多拾了几句。但是，麻五觉得这种事情不直接说好像又说不清，就很是有点不好意思地说："我……我是说除非你想做我的女人。"王引兰抬起头稳稳说了一句落地有声的话："我应你，做你的女人。"麻五小眼睛一下放出了电："你真的应我？"王引兰肯定地说："我真的应你。"麻五松了一口气："应我就要贴心，我救你是顶了风险的，再一个你不可以叫我大叔。"王引兰想了想说："我贴心跟你走，不叫大叔，叫你麻五。"

再来李府送木炭，麻五从市面上买了不少棉花，一进李府就开始张扬他的棉花，和李府总管议论了半天棉花的好坏，出李府时，麻五用遮雨布把王引兰盖在棉花堆里了。

求生的欲望让王引兰选择了麻五。需要注意的是，这时的麻五已经是窑庄的财主了，是拥有经济资本和象征资本的，只不过王引兰不知道。所以王引兰的选择是迫于求生的本能，是文化资本向经济资本屈从。麻五对救与不救的忖度也是一种选择。不救是不愿意放弃送炭的机会，是对自己经济资本的维护；救是自己对体质性吸引的着迷，也是对经济资本的维护。因为"富了的麻五虽然从思想上已就认识到自己是个乡下人，但这并不影响可以具有富人那样的消费观和价值观，麻五首先想到的就是添妻"。麻五对自己将要添置的妻子是有要求的，"希望人要标致，银子还得少要"。在这样的场景中遇到了能满足自己要求并有求于自己的王引兰，麻五毅然决然地接受了她的请求。这种接受，既是对文化资本的着迷，也是对经济资本的维护。不过，麻五也丧失了很大的经济资本。这里，我们能够看到经济资本与文化资本的较量。

小说中不仅存在经济资本与文化资本的较量，也存在经济资本之间的直接较量。麻五被铁孩通过极端的手段杀死，李三有被铁孩通过欺骗的手段杀死都属于经济资本的直接较量。

王引兰嫁给麻五后，其资本也增加了。作为麻五的妾，她可以享用麻五的经济资本与象征资本。麻五则可以凭借自己的资本来享用王引兰的资本。这是资本之间的融合。王引兰童年时期曾经看到的地主老财娶妾从油菜花地经过的场景，使她形成了强烈的"油菜花情结"。在嫁给麻五之后的一个春天，她建议麻五把高楼院对面的坡地买下来种油菜。原因是"小时候看见有钱人家种油菜，满天满地的黄，我就想等以后嫁了有钱人也要种一大片油菜"。在油菜花开了之后，王引兰便开始真诚地欣赏并浮想联翩。王引兰想看甩鞭，麻五就为她在除夕夜里甩鞭。王引兰想吃嫩果实，麻五就让铁孩为她摘。由于种油菜而致使收成不好，麻五也不怨恨王引兰。可见在麻五的羽翼之下，王引兰生活得很幸福。她也由衷地感受到了幸福并用自己的身体回馈麻五。这些情节其实是王引兰对麻五经济资本与象征资本的沉迷。嫁给麻五使王引兰也具有了经济资本和象征资本。

问题就出现在此处：同样是女性，为什么麻五只有在倪六英（麻五的正室）临死的时候才抱住了倪六英？在倪六英过世之后才觉得亏欠了她并为她购买了和王引兰一样的棺材。可想而知，在麻五看来，倪六英没有王引兰漂亮，没有对自己产生体质性吸引，并使自己感觉到值得为其付出。在王引兰与麻五的关系中我们看到了文化资本与经济资本的转化——王引兰由于具有身体性的文化资本而进一步具有了经济资本；倪六英由于不具有吸引麻五的身体性文化资本而逐渐丧失了经济资本的眷顾。

可见，身体化的文化资本成为女人幸福与否的凭借。王引兰的身体不仅吸引着麻五使其愿意为自己付出，而且也吸引着铁孩，使其对自己日思夜想，并因为麻五的承诺而对麻五心生怨恨最终残忍地杀害了麻五。在麻五死后，王引兰的身体同样吸引了李三有。李三有对王引兰疼爱备至，既要砍掉父亲活着时种的柳树为王引兰做床，又因为知道王引兰贪睡而让其多睡，并最终由于受到了铁孩的欺骗，为王引兰摘酸枣而坠崖身亡。这同样是文化资本与经济资本的转化与融合。

资本成为小说文本中发生各种联系的基础，也成为王引兰追求幸福的凭借。小说中的这些情节都可以被解读为文化资本与经济资本的转化。资本之间的关系都是在场域之中发生的。可是，为什么资本之间会发生对抗或转化呢？是什么因素促成了这些对抗或转换的发生呢？这些因素就是生存心态。

三 生存心态中的"幸福"

生存心态是场域理论中最重要的概念之一。布迪厄认为：生存心态是"人们在社会世界生活或存在的各种习性的总和"，"生存心态是行动者过去实践活动的结构性产物，是人们看待社会世界的方法，也是人们在各种社会评判中起主导作用的行为模式。"

小说情节的发生地位于三晋上党地区，这样的场域规定了《甩鞭》成为具有独特逻辑的社会空间。作品中人物的社会地位是他们的生存心态与所处的场域中的位置之间相互作用的结果。生存心态与人物的社会位置是相协调的。长期的社会背景及经济、政治和文化使作品人物形成了内在化的生存心态。上党农村场域形成了作品人物特有的生存心态。

布迪厄认为社会结构是以"初级的客观性"和"次级的客观性"的方式存在。初级客观性包括各种物质资源的分配，以及运用各种社会稀缺物品和价值观念的手段。次级客观性则体现为各种分类体系，体现为身、心两方面的图式，在社会行动者的各种实践活动，如行为、思想、情感、判断中，这些分类系统和图式发挥着符号范式的作用。民俗学方法论最为充分地关注"次级客观性"的主观主义或建构主义的立场。次级客观性的结构就是生存心态，生存心态就是具有初级客观性的结构在身体层面的体现，因此，民俗学方法论最为关注的就是生存心态。"在一个特定的场域中，占有相似或相邻位置的行动者，会被分配在相似的状况与限制条件下，他们有可能产生相似的生存心态和利益，从而产生相似的实践活动。"由于生存心态来自于行动者长期的实践活动，因此一旦经过一定时期的积累，经验就会内化为人们的意识，去指挥和调动行动者的行为，成为行动者的社会行为、生存方式、生活模式、行为策略等行动和精神的强有力的生成机制。在这个意义上可以说，生存心态是行动者在场域里的社会位置上形成的对客观位置的主观调适，是外在性的内在化的结果，是"结构化了的结构"和"促结构化的结构"。生存心态决定了百姓的行为。

《甩鞭》中的人物都是生活在农村中的普通人。农村场域限定了其思维和行为方式，也形成了特有的生存心态。王引兰在场域中的生活受到生存心态的深刻影响。这种生存心态对"幸福"的规定成为王引兰追求的目标。为了叙述的方便，我们将王引兰的生活分为四个阶段：城中李府的生活、与麻五在一起的窑庄生活、六里堡的生活和与铁孩在一起的窑庄生活，也将文本故事发生的大场域人为地划分为四个小场域。

（一）生存心态下的李府生活

十一岁的王引兰被母亲卖到城中李府做丫头。十六岁开始被李府老爷企图玷污。活在李府老爷魔爪下的生活持续了很长时间直至被李府太太发现企图将其弄死而哀求麻五救自己走。之所以王引兰能够在李府老爷和太太的淫威下苟活这么长时间，与其作为大户人家丫头的这种下等人身份的意识密切相关。由于生存心态来自于行动者长期的实践活动，因此一旦经过一定时期的积累，经验就会内化为人们的意识，去指挥和调动行动者的行为，成为行动者的社会行为、生存方式、生活模式、行为策略等行动和精神的强有力的生成机制。也就是说，至少五年的积累，大户人家下人的生活经验已经内化为王引兰的意识，指挥和调动了王引兰不反抗的行为。生存心态成为王引兰的行为方式、生活模式、行为策略的强有力的生成机制。在生存心态的影响下，是否幸福并不会成为王引兰的主动追求。如若幸福，那是李府老爷赐予的；如若不幸福，王引兰也只有认命的，不会反抗的。她只会觉得自己作为下人理应如此。只有当生命真正遭受威胁的时候，王引兰才会找机会逃跑，以逃跑的方式认命。小说的背景是革命潮流激荡的时代，但是从小说的情节中，读者并没能看到革命对人物的影响，只看到了生存心态对人物的巨大影响。

（二）生存心态下的与麻五在一起的窑庄生活

在王引兰的保证下，麻五出于自身利益的考虑，将王引兰救出李府。麻五救王引兰的目的是"耍"她。他曾向铁孩承诺要从城里弄个粉娘回来"耍"了后给铁孩。麻五的这种想法是典型的男权思想，将女性当作自己的"玩偶"。但是在发现了王引兰还是一个"闺女"后，麻五"耍"的想法完全变了，他说："祖宗，粉娘，我的小祖宗，我要正儿八经给你个名分"，并且从李庄雇最好的花轿娶王引兰。因为王引兰期待自己能幸福的生活，她与麻五在一起生活使她感觉到很满足。她能看甩鞭、听鞭声、欣赏油菜花，得到麻五的宠爱，还能像李府太太一样用上火盆……王引兰为麻五生下了女儿。尽管与自己同时怀孕，倪六英却因为难产而死，一尸两命。王引兰真正成了高楼院的幸福女人，集麻五万千恩宠于一身。需要注意的是，王引兰得到的这些，虽然是她主动要求的，但并不是她主动追求的。这些都是麻五给予的。对于麻五给予的所有，王引兰全部接受。可问题就出现了，要是麻五不给予呢？

文本中的一个细节需要注意：在倪六英临死之际，麻五从她身上解下的作为高楼院女主人符号象征的钥匙并没交给王引兰。尽管在作为传统男权社会的中国，掌管家中钥匙的女性并不能真正成为一家之主。但是没有掌管钥匙的家庭女性肯定不是一家之主。王引兰在麻五看来还不是掌管钥匙的合适人选，只有为自己生育儿子之后才能掌管钥匙。直至麻五死亡，钥匙都没有交给王引兰。这个细节准确地表征幸福生活尽管是王引兰可以尽情享受的，但是这种身份与幸福是由男权掌控和主使的。王引兰对此有觉察吗？没有！她正在尽情地享受幸福。这个细节说明了生存心态对人的意识与行为的影响。传统中国的女性是在男权的压抑中生存的。女性的身份与地位完全由男性赋予，并可以对其予取予夺。这种压抑中的生活早已为其熟悉与适应，并形成了传统女性的生存心态。在生存心态的影响之下形成了她们熟悉的家庭生活。这种关系就是吉登斯所说的"家庭意识形态"——女性在长期的家庭中形成了关于自己在家庭中地位和作用的认识，这种认识被长时间的强化，就成为生存心态，也是意识形态。这种生存心态，这种意识形态会被传承、被进一步建构,进而影响后来的女性。

(三) 生存心态下的六里堡生活

麻五死后,王引兰的"幸福生活"戛然而止。这并不意味着王引兰又一次投身于水深火热,而是说王引兰的生活归于平淡。王引兰似乎也从心理上放弃了以前的生活状态。其中的缘由与其在土地革命中的遭遇有关。伴随着土地革命,麻五死于非命,王引兰不断地被人强行灌输着自己和麻五一起生活是在遭受"二茬罪"。但是王引兰内心中是与这种被灌输的观念对抗的。但在这种对抗中,她认识清楚了自己的现实处境,并对与麻五在一起的"幸福生活"祛魅,开始了对幸福生活的主动追求。这一点能从埋葬了麻五之后的王引兰的哭词中看出来:

> 突然王引兰跌坐在地上气绝了似的哭了起来:呀喂——指望是松柏树万古长青啊,呀喂——谁想到是杨柳树一时新鲜……哭一声麻五少早亡啊,生生把我闪在了半路上……死鬼麻五啊,你留下母女俩怎么活……哦呵呵呵……

"指望松柏树万古长青"喻指王引兰希望自己能够长久的"幸福生活","杨柳树一时新鲜"喻指王引兰对短暂"幸福生活"的失望。期望的长久与现实的短暂之间的失落是谁造成的?麻五。所以王引兰对麻五充满怨恨,称之为死鬼。

麻五过世了,幸福生活结束了。王引兰还得生活下去,她嫁给了李三有。当时王引兰原本不想"热闹",原因是"过来就过来了,我是什么人物还要坐轿,还要到村子上绕一圈,怕那六里堡的人大牙都要笑掉"。由嫁给麻五时的享受婚礼到当下的不愿意经历婚礼,王引兰的内心发生了巨变,她开始把自己看作普通女人。可是李三有要"热闹",理由是"我也是第一次结婚,不热闹不吉利"。在李三有的"想"与王引兰的"不想"的对抗中获胜的是李三有。普通女人有普通女人的生活,普通女人有普通女人的生存心态。在生活中,李三有尊重王引兰,疼爱王引兰,为她做床、摘酸枣;王引兰为李三有做饭、与李三有一起上地、用身体报答李三有，并在李三有死后用自己的寿材装殓他。在与李三有的生活中，王引兰真正感受到了脆弱易逝的婚姻之爱。婚姻之爱并非一味地索取，是相互付出与举案齐眉。这是一种与麻五给她的因年龄差异而致的父爱不同的爱。父爱对于王引兰而言是一种单向度的索取之爱，婚姻之爱对于王引兰而言是一种付出心血与身体的平等之爱。

但是，在实际生活中，王引兰与李三有并不平等。在麻五死后，王引兰的生活归于平淡，但是王引兰还是思念麻五的。在与李三有的夫妻生活中，她叫喊的名字还是麻五。在得知李三有有童养媳，自己过世后可以与麻五合葬的时候，她才将自己交给李三有。这个时候两人才成为夫妻。与李三有的前一段家庭生活对李三有而言是不公平的。在六里堡人的嘲笑中进行的与李三有的婚礼上，王引兰坚定了自己"活、活、活"的信念。也就是说，王引兰与李三有的生活是"活"的信念中持续的。李三有可以保证自己与新生的"活"是王引兰与李三有在一起的原因。王引兰的家庭生活直接是以李三有为核心的，她的存在是以"活"为目的的对李三有的报答。也就是说，王引兰的生活是以"男权"为核心的。基于这样的原因，我们可以将王引兰与李三有的生活视之为王引兰对李三有的依赖。这恰恰是传统中国女性与男性真实的生活关系的表征。这种文化所形成生存心态在王引兰身上体现殆尽。

（四）生存心态下的与铁孩在一起的窑庄生活

生存心态使得既往经验有效地发挥作用，行动者依靠生存心态应对其遭遇的特定境遇，预料世界的内在固有的必然性。在李三有死后，王引兰再次回到了窑庄。回窑庄的路上，王引兰想到了李府老爷教的"奴"字，认同了自己作为"奴"的身份，并产生了自己是谁的小奴家的疑问。身份的认同，疑问的产生可以视作对传统女性身份的认同。这种认同其实是生存心态使然的。同样是在回窑庄的路上，王引兰坐在牛车上看着铁孩心里想："命中就剩下这一个男人了，自己怎么就没有想到同命相连的这个人呢？自己的一生和这个人到底是一种什么关系呢？本能抗拒着他，却又牵扯不开。"之所以"抗拒着"，是因为在麻五活着的时候，铁孩是下人。王引兰看不上铁孩。在麻五之死的事件上，王引兰认为是由于铁孩的控诉。之所以"牵扯不开"是由于铁孩一直对麻五对自己的承诺抱有幻想。在麻五死后，铁孩认为自己和王引兰走到一起的时机已经成熟。也就是说，抗拒是王引兰的主动选择，牵扯不开是王引兰的被迫接受。"生存心态暗含了'对自己所在位置的感觉'以及'对他人位置的感觉'……行动者依据他们的生存心态选择能够相互搭配，能够同他们自身协调，具体地说，能够和他们的位置相配的各种事物，并因此分类了自身，也使自己接受了分类。"如果再联系小说中的王引兰再次回到窑庄的生活中对铁孩的依靠的话，我们能够很快明白，在"活"的信念的主使下，王引兰的所有行为都是生存心态的表征。王引兰之所以要杀死铁孩，铁孩直接杀麻五、间接杀李三有是其中的一个原因，更为内在的原因则是由于铁孩对王引兰的态度与麻五、李三有大相径庭。麻五的是宠爱，李三有的是尊重，而铁孩的则是占有与玩弄。再见到王引兰伊始，铁孩一直说她"真好看"。在得不到她的时候，铁孩一直用羊取而代之，并直接在王引兰面前杀羊。既然羊可以取代王引兰，那么杀羊完全可以视作杀王引兰。也就是说，只要王引兰与铁孩一起生活，一旦王引兰不能在任何方面满足铁孩，哪怕这种不满足只有一点点，丧命完全是可能的。与其将来生活在这种无尽的恐怖之中，王引兰宁愿直接断送自己"活"的念想。

综上所述，王引兰的生活始终是以身边的男性为核心与依靠的。这种依靠是王引兰主动的选择，也是她的无奈接受。男权始终是王引兰"幸福"的决定因素。王引兰在李府的生活是否幸福完全由李老爷决定；王引兰与麻五在一起的"幸福生活"是麻五给予的，王引兰与李三有和铁孩在一起"平淡生活"能否幸福在于对方是否可以依靠。《甩鞭》在为读者展示晋东南农村生活场景与文化的同时，也为读者展示了晋东南农村场域之中的生存心态。生存心态影响下的晋东南农村女性对男性存在严重的依赖。同样生存心态影响下的男性也无意识地形成了对女性的压抑。"家庭意识形态"深入了男女性的意识中，沉潜为无意识。

四　场域的影响与性别解放

"场域是处于不同位置的行动者在生存心态的指引下，依靠各自拥有的资本进行斗争的场所。"场域中的行动者由于受到生存心态的不断影响，会逐渐地认同自己所处的位置并不断强化。

王引兰身处于晋东南农村场域之中，深受生存心态的影响，她对场域中女性的地位和价值产生了强烈的认同。王引兰虽然有着身体化的文化资本，她也希望自己能够过上自己认为的幸福的生活——娶自己的花轿能从油菜花中经过、自己的男人能对自己好。但是这里需要注意的是，王引兰希望的幸福是自己认为的幸福。这种幸福是受到限定的幸福，所受的限定就来自于场域。"在粉缎被子里她（王引兰）听到窗外风扑草动，一个缺少了自由的人能嫁到这样的人家也算好。"在来到麻五家的第一天夜里，王引兰就产生了部分的满足，尽管有些不情愿。再加上倪六英对其进行了"规训"——"听老爷说，你也是丫头出身，既然来了窑庄做了小的就要懂个规矩。"倪六英对王引兰的两重身份予以强调，一是其出身——"丫头"，二是其当下的角色——"小的"。她认为王引兰出生低贱，所以应该认同低贱的生活；作为"小的"，就应该懂得家庭中的尊卑。而且在听到王引兰直呼麻五名讳的时候，直接表达出了自己的不满，"倪六英觉得王引兰有点野，怎么可以叫老爷的名字呢？就说：'你叫你家老爷也是哦，叫他名字吗？'"深受生存心态影响的倪六英希望以自己作为麻五正室的身份规训王引兰，使其也像自己一样懂得规矩。倪六英的"规训"中充满了生存心态对其的影响。

显然，倪六英的"规训"起到了一定效果。王引兰虽然还直呼麻五名字，但是她对倪六英给予足够尊重。否则，倪六英不可能怀孕，而且怀的还是麻五梦寐以求的儿子。由于难产，倪六英死亡。但是在其临死之际依然没有忘记生存心态和对王引兰的规训，"麻五疯了一样从守了一天的门外冲进来，麻五扑过来时看到倪六英眼睛亮了一下，并艰难地指了指肘窝下的铜钥匙。麻五解下它捏在手里，俯在倪六英耳朵上，听她断断续续说：'防着她，哦……守不到头……哦——'"这是以自己的死再一次强化女性在家庭中的位置和作用。王引兰显然在心疼倪六英之余，受到了惊吓并接受了这种规训，也明确了自己作为女性在家庭中的位置，于是她为自己的女儿取名新生。"新生"除了是一个名字之外，应该还有王引兰作为自己家庭"第一"女性的想法。这种想法在倪六英死之前是完全没有的。在经历了土改中麻五之死后，王引兰坚定了活下去的信念，改嫁李三有。从小说情节中读者可以清晰地看到王引兰对家庭女性这种身份的固守。嫁给李三有之后，王引兰没有在追求油菜花、甩鞭、野果子……而是与李三有同甘共苦。在李三有死后，王引兰又回到窑庄。她为铁孩做饭、洗衣服，与铁孩一起田间劳作。这些行为说明王引兰抛掉了以往的"幸福观"回归到现实。这里的现实恐怕就是场域中的生存心态，就是家庭意识形态。

可见女性所追求的幸福其实始终存在于特定的场域之中的，幸福与否并不是一个独立的概念，而是与其生存心态紧密联系在一起的。只有能满足生存心态中关于"幸福"的种种条件：男性值得依靠，男性可以尊重女性，男性疼爱女性……女性的幸福才有可能。

余　论

女权运动中所追求的性别解放的目标是男女平等。这种平等是女性在政治、经济、文化、思想、认知、观念、伦理、家庭等各个领域都处于与男性的全面平等。争取这种全面平等，应该依靠女性的主动奋斗与男性的全力支持。在其中，女性的主动奋斗是主要的。男性的支持只能具有从属位置，如果男性主动，则有可能是性别解放失去其题中应有之义。可是，女性在家庭中地位以及女性对家庭意识形态的认同可能是性别解放的最大障碍。如《甩鞭》的故事，可以看作这种障碍的镜像。小说中的王引兰身为女仆的出身，深受生存心态的影响，意识不到家庭意识形态对其的影响是情有可原的，毕竟性别解放的意识树立是要求一系列的教育和"启蒙"的。作为当代女性作家的葛水平，通过自己的一系列小说为读者展示了下层女性的真实生活场景。但是，她作为女性的展示，是对家庭意识形态的一种夯实还是反面隐喻，其真实目的有待追问。我们从其文本中看到的是：性别解放，任重道远。

参考文献：

［英］吉登斯：《社会学：批判的导论》，上海译文出版社 2013 年版。

［法］皮埃尔·布迪厄：《实践与反思》，中央编译出版社 2004 年版。

葛水平：《喊山》，春风文艺出版社 2006 年版。

高宣扬：《布迪厄的社会理论》，同济大学出版社 2004 年版。

宫留记：《布迪厄的社会实践理论》，河南大学出版社 2009 年版。

包亚明：《布迪厄访谈录——文化资本与社会炼金术》，上海人民出版社 1997 年版。

宋福聚 山西省作家协会会员、高校写作学会会员。主要作品有长篇小说《恶之花》《永乐王朝》《中兴名相》《良相吴琠》《上海教父杜月笙》《光武大帝刘秀》《嘉庆皇帝》《赵氏孤儿》《春秋五霸》等十余部；并创作电视连续剧《太行银行》。

历史与文本的激荡
——宋福聚《良相吴琠》透视

赵栋栋

宋福聚的作品一经展读,顿觉文采斐然,意趣横生。

宋福聚不是出没于文坛热闹场中的人,也不是作品发表便会获得轰动效应的作家,他写的作品一般不会使文坛震惊。但这偏偏就是宋福聚为人为文的可贵品格。

一 宋福聚的历史题材创作

宋福聚在初试锋芒的时候就选择了历史题材的小说。无论从据以产生创作冲动的生活感受和思想认识,还是从描写表现的方式,他都从一开始找到了创作中的自我。尽管一度曾想改换城市生活题材,但是我们看到的依然是他对历史题材的固守。这种摇摆之后的回归,据他说,是把自己的阅历、气质、个性、审美情趣和艺术机制上的种种优缺点放置在当前文学创作态势上严肃而认真审视之后的主动抉择。可见,这次持续不长时间的摇摆,使宋福聚渐渐意识到了自己可以擅长的胜场所在。将近二十年的笔耕不辍,宋福聚孜孜不倦,默默无闻,甚至稍显固执地坚守着历史题材,阅读着历史文本,体察、沉思于传统历史故事间。他似乎把中国历史当作了养育他的一片沃土。他与之契合、拥抱,并在不断超越思想、感情和审美趣味且加以反思、升华的时候,宋福聚找到了艺术上的自我,撰写出了一部部历史题材小说文本。对历史题材小说的书写，他显得是那样的得心应手，其中显露着才华，飞扬着灵气。

历史题材的书写，在当下的文学创作中，其优势非常明显，其劣势也显而易见。历史中客观存过的人物和真实发生过的事件被纳入文本中，会为读者带来天然的真实感和亲近感；作者在创作中的虚构又会使读者感到主体和客体之间的疏隔。倘若在创作中过于侧重书写历史中的大人、大事，则会"质胜文则史"；醉心于追求挖掘历史的"边角料"，则会陷于猎奇。反之，在历史题材文本中充满玄思冥想和光怪陆离，则会"文胜质则野"。在协调"质与文"关系上，宋福聚有着自己的追求：既要努力于文本思想内容上的超越避免过"史"，却又能脚踏于实地，心灵靠紧读者避免过"野"；或者说，宋福聚的作品，既来自他对历史人物的精心揣摩，对历史事件的用心把握，但又在揣摩和把握的同时能够不忘文学应有的企盼与升腾。因而给读者以既不疏隔也不胶滞之感，而这一切，又都包蕴于历史色调极为浓郁的人文氛围之中。

二 宋福聚笔下的吴琠

宋福聚写有很多历史题材小说。《恶之花》《永乐王朝》《中兴名相》《良相吴琠》《上海教父杜月笙》《光武大帝刘秀》《嘉庆皇帝》《赵氏孤儿》《春秋五霸》都是其得意之作。其中，《良相吴琠》的地域色调极为浓郁，可以将之称为地域文化小说。小说以传奇笔法记录了吴琠的一生。小说从主人公吴琠初入仕途担任确山县令写起，着重渲染了吴琠振兴确山经济和教育，重拓"大道通衢"；被康熙皇帝任命为都察院副都御史后，吴琠大展其政治才华；担任会试副考官，肃清考官中的败类，成功完成圣命；在兵部右侍郎职上圆满地胜任了湖广巡抚的职责，平息叛乱、关注民生、重视教育、重振漕运、复兴经济；担任湖广总督并升任都察院左都御史，开河工治理黄河，重吏治弹劾重臣，任主考重塑传统；官至刑部侍郎，保和殿大学士，最终病逝于任上的传奇一生。

文中所谓的小说中的地域色调并不单指文本中所写的某一地域的风光所在或外在的、一般性的人物言行特征和生活习俗，更有内在的和深层的内蕴。这种内蕴是一种由地域的和历史的诸多因素所造成,渗透于人的心理心态结构中的精神气质特征。这种精神气质特征最终会外化到人的言行之中。而在外化的过程中,当其与不同类型的性格相汇时,又会呈现出面貌各异的形态。难就难在要从看似面貌各异、内里却相近的性格形态中提炼和抽取出那种为一方主人所共有的精神气质特征。作家唯有把握住了这种在外在化的过程中,虽有时冲突,却又不自觉地相互认同的精神气质特征,才能在作品中真正散发出浓郁的地域风味。《良相吴琠》就是一部非常写实的小说,实就实在对人的精神气质的准确描写上;外在形态上所表现出来的各色人物的琐碎的日常生活情景,仅是作者对人的精神气质加以传神写照的载体。

(一) 吴琠的士人精神气质

宋福聚要在小说中所要剖析的、沉积于特定的人——吴琠心理心态深层结构中的精神气质是什么呢?笔者认为就是中国古老文化熏陶出来的士人精神。沉积于吴琠心理心态深层结构中的这种士人精神,从作者在文本中的描写看来,确实潜移默化了吴琠的思维方式和行为方式,成为他的"集体无意识"。

小说从远景上大致勾勒了吴琠一生最主要的活动场所和官场经历之后,将主要的笔触放置在了呈现吴琠性格和追求的典型情节之上。这些情节并行不悖,分别展示吴琠性格的维度。诸多的维度综合在一起,形象的"吴阁老"跃然纸上。为此构设结撰,不单是由于作者体察历史的范围和创作上的个性所致,也是想从生活背景上写出人物所秉承的传统文化的浸润,以揭示其精神气质的由来。作者的主要用意不单在渲染出吴琠的士人气质的种种形态,而且寻找出这种特定心理心态得以形成的地域和历史的文化因素。正是在这后一方面的努力,使得《良相吴琠》中的叙事策略具备了启人反思历史和认同文化的意义。

作者把吴琠的毕生经历放置于确山、京城、湖广三个场景之中,并在每一个场景中设置了典型性的情节以凸显主人公作为深受儒家文化浸润的士人的文化精神。儒家士人精神包含参与意识、责任意识、自主意识、独立意识、批判意识和抗衡意识。

（二）吴琠的参与意识与责任意识

在文本中，吴琠的行为首先呈现出参与意识和责任意识。儒家具有强烈的入世精神和参与意识，无论是孔子、孟子还是荀子，都曾经以各种形式影响国家政治生活，实现平治天下的政治理想与价值追求。除了这种直接的政治参与，儒家还特别重视民间生活的参与，发挥社会影响。吴琠担任确山县令、任职京城和担任湖广总督本身就是一种直接参与国家政治生活的行为。在参与中他具有强烈的责任意识。上述两种意识主要呈现在吴琠的重视教育和恪尽履职中。

在确山，吴琠先是将确山前任县令所居住的花园设为学堂，并把自己的俸禄充当教师束金；在湖广期间，吴琠兴文教，办教育，大展教化之风，修学堂，建书院，培育经世之才。为国家培育人才的行动不只是兴办学堂、书院，教育孩童；更为重要的内容是担任科举主考为国家选拔人才。吴琠一生中多次担当科举考试考官。开科取士是朝廷大事，关乎国运兴衰。在第一次担任考官的时候，他履职如履薄冰，细致分析考官的出身来历、禀性品行；亲自上阵，监督布置考试场所，井井有条安排阅卷场所；身先士卒了解考生动向，出其不意捉拿舞弊的考官考生，端正考风考纪，保证了本次科举考试的顺利展开。在第二次担任考官的时候，他杜绝考生谒见师座时送礼，为考生们节约银两，为贫困举子所赞同。在中国封建社会，教育是保证人才顺利产生和社会顺畅运转的有效途径。吴琠对教育的重视和主动参与是其深受传统文化观念熏陶之后的主动认同。他主动承担了为国家育人才的责任。

吴琠刚到确山县，"心里沉甸甸的，怎么也找不到新官上任的欣喜劲儿"，原因是"可惜这些年朝代更迭之际，战乱频繁，各路军队南上北下，互相厮杀，战场大都在确山一带摆开，当地百姓躲避战乱离家出走和死于混战的，竟有十之七八，把一个好端端的大集市变作了十室九空的大坟场"。所以，展现在吴琠眼前的确山是"房屋半坍，家家院落蒿草凄凄，听不见半声鸡鸣犬吠，见不到一星人影"的一幅场景。孟子说："仁者，爱人也。"面对着一片萧条的确山，吴琠的痛心是其仁心的呈现，同时也激发出了他作为士人的担当。吴琠想振兴确山经济，重开七省通衢。他劝赵勋道:"现如今政局已经稳定,国家正朝盛世方向发展,吏治自然会逐渐澄清。……你我身为地方官员,只要以拯救百姓为己任,务实求真,从大局着眼,由细微入手。何愁地方上不兴盛?若是千万个确山兴盛了,国家自然就是盛世。"这样的言论可谓是吴琠的施政决心。这些言论中清晰地透露着吴琠心系百姓生存的人文情怀和粗犷豪放、豁达洒脱的人生态度。担任知县后,吴琠寻找到了确山弊病:匪患和民怨。在满仓的帮助下智断青椒与山匪苟合谋杀亲夫案;在陈郎中等人的协助下调动乡民合力剿清匪患。确山气象虽然顿时为之一新,但是确山的经济仍未得以振兴。吴琠通过用朝廷划拨的库银买草根的方式调动了百姓生产的积极性,然后通过向巡抚借粮低价卖与百姓使确山百姓等到了多年未曾出现过的粮食大丰收。书中写道:"经过一年多的治理,确山城内城外一片热气腾腾的景象。村庄星罗棋布,连原本寂寥的山坡上也住满了人家。各种庄稼在阡陌纵横中呈现不同颜色,黄绿红白,宛若精心织就的锦缎。"

自古县官有两大公差:刑名与追缴钱粮。为百姓排忧解难的刑名,吴琠义不容辞。在追缴钱粮的过程中,百姓虽不富裕,但是在吴琠的劝导下利落地完成了任务。从吴琠顺利完成两大公差的经历中能够断定其治下的确山一片祥和。顾炎武曾说:"天下兴亡,匹夫有责。"吴琠主动承担起了确山大兴的重责,这是其参与国家建设,并以让百姓幸福生活为鹄的责任意识的显现。

在京城担任都察院副都御史,吴琠对朝廷弊政尽力做到知无不言,言无不尽。他的《请复督巡抚历地方疏》和《请复巡抚道员管兵疏》得到了康熙皇帝的认可。《请复督巡抚历地方疏》关乎政府吏治的改善,可以见到吴琠对政事的关心;《请复巡抚道员管兵疏》是关于军事改革的重要建议。这个建议得到了皇帝与重臣的认可并被很快实施。上述两道疏都是吴琠在担任地方官吏时所见所闻和慎重思考的结果。可见,为官之后的吴琠将自己所有的精力和心思都放置在了国家的政治建设和为百姓谋福利之上。他真心愿意为国家的政治清明和百姓的幸福安康鞠躬尽瘁,这就是将儒家的社会参与意识与责任意识推向了极致。

此外,儒家除了强调直接的政治参与,还特别重视民间生活的参与并发挥社会影响。《论语》中有这样的对话："子奚不为政？""《书云》'孝乎惟孝，友于兄弟，施于有政。'是亦为政，奚其为为政？"孔子认为人只要孝顺父母，友爱兄弟，并把这种孝悌德行延伸到政治就算是参与政治了。孝悌是维系家庭、宗族关系的伦理规范和道德意识，其政治功能体现在美化乡里风俗、稳定乡社秩序。

在《良相吴琠》中用很大篇幅描绘了吴琠的孝。第十章中，正当吴琠胜任科考副主考，被康熙皇帝褒扬之时，沁州老家传来消息，吴琠父亲吴道默患病不治而仙逝。"吴琠两耳轰鸣，内心有如雪山般一点点地塌崩。"他请求离职回乡，为父服丧，并在自家柴门上留下了"初闻凶信不胜痛，恨不生翼太行中。鸦有反哺羊跪乳，惭愧永别家父容"的诗句。"面对父亲那一口冰冷的棺木，吴琠好像被人打了一闷棍，傻了似地扑倒在棺材前，两眼盯住父亲的画像，热辣辣的刺痛。""每天晚上，吴琠端坐在棺木前的谷草上，想着父亲和自己其实挨得很近，他或许有话要说，而自己正用心聆听教诲。"从这些情节中，我们看到了吴琠的孝和对父亲的怀念。第十六章中，吴琠担任湖广总督正在倾心办理漕运，忽闻母亲撒手而去，"如晴空闻听炸雷，呆愣半晌才明白，魂牵梦绕的慈爱母亲已经永远见不上……泪水潸然划过脸颊。"母亲下葬后，吴琠让儿子扶着自己来到父母墓前，"静默良久，在心里对父母说，孩儿不孝，整日奔波，日夜想着怎样多救济几家百姓，顾及了别人，自家父母却不能亲自侍奉一碗汤药。"吴琠为官多次受到父母亲的鼓励与规训。母亲多次拒绝吴琠留在自己身边服侍的要求，要求他一心为民，做一个清官。父亲告诫他："人生在世，经一番挫折，长一番见识；容一番横逆，增一番器度；省一分钻营，多一分道义；当一分退让，讨一分便宜；去一分奢侈，少一分罪过；加一分体贴，知一分物情。总之要大着肚皮容物，立定脚跟作人，实处着脚，稳处下手。"纵观吴琠一生的为官经历，其实就是对父母亲告诫的履行，可谓父慈子孝。荀子认为："儒者在本朝则美政，在下位则美俗。"很明显，吴琠忠实地践行着圣人们的教诲。如上所述，作为朝廷官吏，吴琠恪尽职守、鞠躬尽瘁；作为儿子，吴琠定省温清，父慈子孝。将儒家士人意识贯彻在自己一生的行为之中。

责任意识与参与意识是儒家士人意识的重要组成。儒家思想已成为吴琠等人的普遍性无意识，他们有着自己的社会理想和坚实信念，在自己的政治实践和生活行为中坚定践行，我们可以将之称为士人的文化自觉。

（三）吴琠的自主意识与独立意识

在文本中，吴琠的行为其次呈现出自主意识和独立意识。在儒家文化传统中，自主意识和独立意识主要体现为人格独立意识和自主精神，也就是孔子说的"三军可夺帅也，匹夫不可夺志也"。孔子的人格独立强调个人意志自由和道德自主，但是缺乏明确的社会政治取向。孟子赋予人格独立以鲜明的社会政治意蕴，并以其为基础试图构建与政治权威相抗衡的社会道德权威。人格独立是保持社会性权威的基础，对道义原则的维护是人格独立的社会价值目标。士人在王权和富贵面前的道德自重所争取的不仅仅是个人的尊严与地位，更为重要的是以道义为基础的社会道德权威的地位。

吴琠在为官的经历中始终保持着人格的独立，有着坚定的自主意识，比如他对于忠臣和能吏的辨析。第一次担任京官的时候，魏象枢询问吴琠对为官的见解。吴琠认为："要想当好官，不但要有心，而且要得法。譬如古往今来都强调要当忠臣，其实在下觉得，为官应该作良吏作能吏，而不要一味钻在忠心里不能自拔。"吴琠认为："那些唯唯诺诺没有主见的忠臣，一味只知道迎合上司。那些因循守旧唯上峰交代而不研究具体情况之人，与其说是忠臣不如说是奴才。因为这类奴才式的忠臣只会惟命是从，登高山则自己跟着高，遇低水则自己跟着低，若是遇到明君，还或许能成就点事业，倘若碰到昏君，那就只能苦苦追随，到头来和君主国家同归于尽，只落得自己一个忠臣的所谓美名，其实并没有实质性的意义。而许多事情往往就坏在所谓的忠臣而实则是奴才的手中。而良吏或者能吏，不但懂得如何忠于朝廷君主，而且懂得如何钻研朝政，针砭时弊，以自己之长补君主之短，上下和谐，江山永固，百姓在不知不觉中分得许多好处。这才是真正的为人臣子。"在此，吴琠强调的重点是"心"和"法"。"心"即意识，即"懂得如何忠于朝廷"；"法"即行动，即"懂得如何钻研朝政，针砭时弊，以自己之长补君主之短"；吴琠认为良臣能吏的考量标准是"上下和谐，江山永固，百姓在不知不觉中分得许多好处"。吴琠要做真正辅佐君主的能吏。吴琠对于为臣、做能吏有着清醒的意识。能吏追求的是要发挥自己的主动性，竭尽所能地弥补君主的不足，为君尽忠，但同时又不将自己的才能囿于君主。如何能做到为君又不囿于君？这就需要在尽忠时不失去自我，唯君主马首是瞻，即要保持人格的独立。在人格独立的基础之上自主意识方可以产生。自主意识是吴琠行动的引导，吴琠在自己政治生涯中的所有行动既是儒家士人文化精神浸润的结果，又是自己自主意识的忠实呈现。他的《请复督巡抚历地方疏》关乎政府吏治的改善，可以见到吴琠对政事的关心。他的《请复巡抚道员管兵疏》是关于军事改革的重要建议。这个建议得到了皇帝与重臣的认可并被很快实施。他写信鼓励山西布政使仔细领会《赋役全书》的真实用意，让百姓负担有所减轻，让各项规章制度变得更加容易推行。他亲自上奏章详细说明自己丁忧期间对家乡赋税情况的了解，为山西百姓减轻赋税重担。这些行动均可视作其自主意识的外在显现。

　　再比如：吴琠到都察院升任副都御史之后，更加激励自己要时时勤勉不负圣恩。副都御史有奏折专递的权力，吴琠利用机会，联系以前在地方上的所见所闻，对朝廷弊政，极力做到知无不言言无不尽。但是，他又非常注意进言的方式。他认为，进言的目的是让皇帝接纳自己的主张，而非单纯的诤谏。所以，他每次发表自己的见解总是遵循既要直抒己见，又要不偏激不随意，言之淳淳，意之切切，让皇帝听上去很顺畅就可以接纳。单说吴琠对进言方式的细致重视，便可看到他的不随波逐流。这也是吴琠人格独立和自主意识的显示。

　　正是在儒家文化的哺育下，吴琠作为有强烈自我意识的传统知识分子，以道义自任，维系着一个与政统相抗衡的道统——要为君更要为民。吴琠的积极行动在一定程度上保持了知识阶层的人格独立和文化权威地位。这种建立在道义基础上的人格独立和自主是具有重要价值的。

(四) 吴琠的批判意识和制衡意识

在文本中，吴琠的行为再次呈现出批判意识和制衡意识。在儒家文化传统中，文化——道义始终是一种对王权的批判和制衡力量，士人是道义的维护者和王权的批判者。帝王关心一家一姓的统治秩序，所追求的是家天下的传承永续。士人则以道义为追求目标，以整个文化秩序的兴衰为关怀对象。孔子的"士志于道"。孟子的"道义所在，虽千万人，吾往矣"，都是把对道的追求作为人生价值所在。维护道统成了士人的社会责任与历史使命。钱穆认为士为中国历史文化的传统精神之所在，"士统即道统"。在政统与道统的关系中，士人的基本立场是坚守道义，并以道义权威影响、制约、抗衡政治权威。

吴琠在为官行动中坚决地维护着道义。所谓道义就是社会的基本价值、基本准则。在《良相吴琠》中，吴琠所维护的社会基本价值和基本准则就是努力地报效朝廷。在这里，朝廷不光指康熙皇帝，更多的内涵在于为吴琠提供施展才华的广阔环境空间。当然，吴琠首先要尽忠的对象是康熙皇帝。但是读者在文本中可以看到吴琠并没有对康熙皇帝愚忠。他的目标是做良吏、能吏。这个目标一方面显现着吴琠的自主意识和人格独立，另一方面也显示着吴琠对自身身份及身份所携带的天然责任的忠诚与坚守。吴琠不仅是康熙皇帝的大臣，他更是一名士人。士人身份天然具有批判和抗衡意识与责任。这种意识和责任既是对这种身份的回馈，又是对这种身份产生机遇与空间的回报。士人身份其实是君和民的天然桥梁。他既要回报君——吴琠的国之重臣身份；又要为民请命——吴琠的士人身份。

在文本中的下述几个情节体现了吴琠的批判与抗衡意识。吴琠刚到确山上任时，县丞赵勋安排他住到上任知县修建的小花园中。吴琠坚决拒绝，说："百姓家徒四壁，裹腹尚是问题，整个县城没几座像样的房屋，连县衙也快要坍塌，你让吴某住进这样的宅院，以为吴某能睡得着觉么？"结合文本后面的情节，读者知道吴琠所言自是肺腑之言。吴琠看到这个小花园，内心之中早已安排了其用途——作学堂。"我看这里的房屋宽敞，环境优雅，正适合作学堂使用。如今确山县城破败不堪，正是百废待兴修文养生的紧迫关口，应当半丝半缕尽其用处，卧薪尝胆谋求发展，岂可贪恋享受叫百姓继续受难？好，我已经想过，治人先治德，养生先养性，不妨就从教化入手，兴办学堂，鼓励百姓子弟来这里读书，不收分文，至于先生束金，就从我俸禄里扣除好了。这也算前任知县为百姓办了件好事。"首先，拒绝本身就是对确山之前弊政的否定。这座小花园是前任知县修建的。这座花园的建成是之前确山政治生态的显露。吴琠的否定便是对之前政治生态的拒斥。这里的拒斥便是他批判意识的显现。在吴琠的意识中自己拒绝居住这座小花园，便可以和确山之前的官场生态相隔离，便可以秉持自己作为儒者和官员的良心，为确山重塑与之前迥然不同的新政治生态。这种新的政治生态是批判之前生态的产物，同时也是与之前官场惯性抗衡的产物。这里的批判和抗衡却并不能以任何物质性损坏为代价，吴琠于是将花园改变为学堂，将之前官吏的享受之所变更为社会有用之才的培育之所。这一行动的意味是深远的。

为恢复确山的兴盛，吴琠决心整饬民怨，下手之处就是青椒丈夫死因的寻找。在掘开坟墓却没有找到死者真实死因之时，赵勋劝吴琠说："大人，即便出错也没关系，这又不是草菅人命，大人也都见了，那些百姓开始见大人宽厚仁慈，不拿架子吓唬人，便有恃无恐，场面一片混乱。"吴琠说："赵勋的意思我明白，不过我想，朝廷初定天下，向来主张以道德化天下，威而不怒威在心间，以怒为威则威在表面，难以让众人心服口服。对待百姓，还是心平气和的好些，要让他们知道，官民并不是对头，官本为民，官民一体。"又说："赵勋，人能克己身无患，事不欺心睡自安，这个道理你是明白的。对老百姓可以凭借我们头上顶戴身上补服以上凌下遮掩过去，可是这件事若就此不明不白糊涂了结，百姓今后还会相信国法相信官府吗？"吴琠的言语意味深长。其一便是他对"威"和"怒"的辩证理解以及对"威"在表面的鄙视。可以想象确山官员的"威"可能尽在表面，这种"威"是靠恐吓百姓而取得的，推而广之，朝廷官员之"威"也是靠恐吓而树立的。吴琠对此"威"是持批判态度的，他要对百姓心平气和，要让百姓知道"官民并不是对头，官本为民，官民一体"。吴琠要让"威"产生在百姓心间，其方法就是"克己""不欺心"。"克己"就是克制自己的私欲,"不欺心"就是内心坦荡,行为合理。朝廷官员做到这一点,"威"自可树立。吴琠的树威之法既是对前此官员行为批判,又是与官场惯性的抗衡。

吴琠与朝中重臣的直接抗衡发生过两次。第一次是拒绝明珠的主动示好、拉拢。明珠奉旨面谕吴琠,"伯美,皇上传旨让我面谕,就足以看出皇上认为咱俩还是脾性相对。以后凡是不清楚的地方,可以直接来找我。当初在撤藩不撤藩的问题上,索额图胆小怕事,主张不撤藩,这正和皇上的意思相左,因此皇上对他逐渐疏远。所以和索额图,还是少接触的好,免得引火烧身。这话原不该随意乱说,但伯美是可信赖之人,所以不敢不言。你明白我的苦心就好。"明珠的拉拢之意如此明显,对于一般官员实在难以抗拒也不能不敢抗拒。吴琠却淡淡地拱手说:"多谢大人抬爱。吴琠对朝廷许多情形还很生疏,但我想,这并不重要,只要能尽心为朝廷操心出力,言不诛心,也就无愧明相了。"吴琠的应对甚是巧妙!"对朝廷许多情形还很生疏"是表明自己拒绝加入明珠和索额图之间的权力之争。这是对朋党之争深恶痛绝的批判,同时也是对明珠之间拉拢的批判,更是对明珠和索额图两位朝廷重臣的鄙视。在吴琠看来,是这二人毁坏着大清朝政的纲纪。"生疏"一词是对明珠等人行为的不屑。还有比这更直接的抗衡吗?"为朝廷操心出力"是表明自己的决心和行动目标——吴琠受皇帝重视无愧于心,自己不参与党争就是对皇帝最厌恶之事的拒绝,就是对皇帝的支持。"言不诛心"是表明自己作为深受儒家文化浸润的士人的基本修养——言行一致,不会心口不一,甚至口蜜腹剑;同时也是对明珠的暗中批判。吴琠知道这次对明珠的拒绝可能会招致明珠对自己的疏远乃至报复,但是自己身正行端,这些不足为虑。"无愧明相"既是对明珠主动拉拢的客气回应,同时也是对自己内心决定和志向的表明,更是对明珠的警示——要是明珠依然执于党争,不真心为朝廷出力,继续心口不一,其结果可想而知。

与朝中重臣的第二次直接抗衡发生在吴琠与高士奇之间。就治河事宜,高士奇主张修筑堤坝,吴琠坚持疏通入海口。深得明珠信任的高士奇,做出这样主张其真实目的是借治河一事加大银两的耗费进而捞得好处。吴琠的目的单纯,治理好黄河保证两岸百姓生活安定。所以吴琠的坚持自然妨碍着高士奇乃至明珠巧取豪夺的真实意图,进而挑战着明珠的权威。面对陈廷敬的善意提醒,吴琠却说:"与人为善,总有风险,倘若四平八稳,谁都能干,还要都察院做甚?"进而上奏折给康熙皇帝直接参奏高士奇:"不思正道,日夜琢磨如何勾结谄媚大臣,揽事收取贿赂,借圣上之名而肥其自家。因此内外大小臣子,无不利用高士奇假公济私,共同致富。更有甚者,高士奇为取得圣上欢心,不惜以大臣身份,贿赂近侍太监,探听皇上秘密,大不恭敬。"虽然皇帝深知高士奇为人并痛恨之,但是令康熙更为恼怒的是自己身边的言官却是熟视无睹。难道吴琠不知道高士奇被皇帝所宠,不知道投鼠忌器?但为什么吴琠敢于弹劾高士奇?很显然这就是吴琠的批判意识和抗衡意识在发挥作用。吴琠自认为掌握着为臣为士之"理"。这"理"是圣人的道义权威,是天下古今公共之理,是足以与一切"权"相抗衡之理。秉持着"理",吴琠敢于批判一切不合"理"的人和事。这是吴琠敢于批判和抗衡的根基之所在。所以吴琠敢说"无欲则刚",并总结出了"遇事只要一味镇定从容,虽然局面纷若乱丝,终当就绪;待人从无半毫矫伪欺诈,纵对方狡如鬼魅,亦自献诚"。

吴琠为官行为中的参与意识、责任意识、自主意识、独立意识批判意识和抗衡意识是中国传统社会中儒家士人文化精神的精髓所在。在传统社会中,儒家思想是一种普遍性的社会意识,但并非所有的社会成员都是自觉的信奉儒家。只有如同吴琠这样的知识精英群体构成了儒家文化的人格载体。这种精神气质潜移默化了众多士人的思维方式和行为方式。

(五) 吴琠塑形的缘由

吴琠身上浓郁的士人精神实是他生长于斯的乡土环境和家庭氛围对其的塑形。吴琠生于太行山深处的山西沁州。在吴琠的家乡有一座山叫铜鞮山,是隋代大儒王通隐居读书的地方。王通曾在这里设帐授徒,宣讲自己治理天下的主张。王通以昌明王道、振兴儒学为教育的根本目的。他认为一个国家的兴衰要依靠各种人才,而人才的养成必经学校的培养，有了合格的人才，王道才能倡明，儒学才能振兴。王通认为人性都是善的，他要通过教育帮助人们养成完全的人格，达到"乐天知命，穷理尽性"的境界，最终被造就成"君子""圣贤"。王通处于儒、佛、道三教争衡碰撞的思想动荡时期，传统儒学教育的正统地位受到严重威胁，而且儒家思想本身也出现陈旧和僵化的现象。为了振兴和发展儒学，王通明确提出了"三教可一"的主张，以积极的态度吸收佛道思想及方法之长，为儒学的改造和发展提供有益的养料。王通在中国社会从动荡走向统一之时扯起振兴儒学的旗帜。王通的《续六经》完成后名声大噪，求学者自远而至，盛况空前，有"河汾门下"之称。不仅及门弟子多达千余人，还结交了许多朋友和名流，其中学生薛收、温彦博、杜淹等，友人房玄龄、魏征、王珪、杜如晦、李靖、陈叔达等均为隋唐之际历史舞台上的主要角色。王通教学，分门授受，"门人窦威、贾琼、姚义受《礼》，温彦博、杜如晦、陈叔达受《乐》，杜淹、房乔、魏征受《书》，李靖、薛方士、裴晞、王珪受《诗》，叔恬受《元经》，董常、仇璋、薛收、程元备闻《六经》之义"。通过"通学"和"兼学"两种形式，培养出一大批各色人才，为社会的稳定发展和学术的繁荣提供了注入新鲜内容的儒学理论。王通以明"王佐之道"为己任，希望能在魏晋动乱和儒学衰败之后重振孔学，为儒学在隋唐之际的恢复与发展作充分的思想和舆论准备。

在自己的家乡曾经有如此一位大儒，吴琠年轻时经常去凭吊。其视野和思维方式难免不会受到其熏染。于是接收其思想系统，经受其影响是显而易见的。这也为吴琠儒学文化精神的形成奠定了坚实的基础。

另外，小说还从家庭氛围对心理心态的渗透和默化上剖析了吴琠士人精神气质的由来。父母妻子对吴琠的影响是巨大的。老父亲一直教育吴琠要报效朝廷。在吴琠高中进士的那一夜，他记得老父亲捻着胡须抑扬顿挫地教导自己："人生在世，经一番挫折，长一番见识；容一番横逆，增一番器度；省一分钻营，多一分道义；当一分退让，讨一分便宜；去一分奢侈，少一分罪过；加一分体贴，知一分物情。总之要大着肚皮容物，立定脚跟作人，实处着脚，稳处下手。"父亲的教导实际上已经成为吴琠一生的行事原则和行为准则。妻子在与自己离别的缱绻中安慰道:"我知道一个知县并不是夫君的全部前程,也委屈了夫君的才干。不过爹不是说了么,实处着脚,稳处下手,要一步一个脚印地作人。"老母亲也用异常朴素的言语告诉吴琠:"在外当官,不比在地里摆弄庄稼。误锄一根秧苗,还能补上,冤枉一个百姓,办砸一节事情,那就追悔莫及,要多加小心!再有一说,当官有俸禄,吃饱穿暖也就够了,要那么多银钱做啥,千万别贪,清清正正地做人,那才叫事不欺心睡自安。"这是多么朴素的言语!其中又包含了多么深奥的做事原则和人生哲学呀!当吴琠在奔赴武昌上任途中路过家乡,准备把母亲接到任所尽孝时,老母亲语气坚决地要他一心为公,说:"你现在想东想西,瞻前顾后的,怎么能把整个心思用到百姓身上?你这样做不是孝敬为娘,是叫为娘替你担心啊!"母亲要求他把妻子带在身边并努力做个清官。从上述情节中,读者可以了解到吴琠所生活的乡土环境和家庭氛围对其人格塑造的重大影响。

三 宋福聚的《良相吴琠》

在整部小说中,无论是在人物行动空间的设置,还是反复出现的为彰显人物性格的闲笔的布置,都是作为文本的有机组成部分出现的。它们都统统指向了人物的性格气质。就吴琠的性格来说,作者并没有将其塑造为扁平人物。在文本中,作者有意地穿插了几处吴琠的"轶事"。这些轶事出现在文本之中,如果换作文化研究的角度而审视之,宋福聚可能是为了调节文本的气氛而有意为之的。笔者在与作者谈论其作品的过程中,宋福聚曾说过自己写小说时最在意的是对读者的吸引。他非常重视自己文本的趣味性和可读性,只有读者愿意读自己的作品,才能考虑文本的其他意义或价值。在《良相吴琠》中穿插秀莲送金钗、吴琠断范春冤案等故事,作者就是为了以少年儿女情长和少年聪颖果断的情节来增加自己作品的可读性。正是因为这几处闲笔,吴琠这一人物形象显得丰满了起来——聪颖果敢的吴琠也曾经年少风流。随着年龄的增长,他逐渐成熟起来。之前的锋芒毕露变得沉稳睿智,曾经的儿女情长已被家国情怀取代。正是这几处闲笔的调谐,吴琠成为成长型的人物。

他的成长过程凸显出了儒家文化对士人润物无声的潜移默化。通过对吴珬的塑造，作者对小说中人物生存在那样深厚的文化氛围中，长期受到儒家思想的浸染，是充满着情感的。作者认为，生存空间的文化语境就命中注定了人们的思维方式和精神气质。这样的生存空间使人在无意识间凝固了自己的思维方式、视野与精神气质。当然，对中国传统文化的批判继承是晚清以来中国现代文化建设和现代化建设中仁智互见的重要命题，宋福聚塑造吴珬这一人物形象无论从地域文化宣传角度，还是优秀传统文化传承角度似乎都不存在可以批评的维度。这是《良相吴珬》在宣传传统文化层面的积极意义所在。

宋福聚的文本一直是驰骋于中国历史的广袤原野之中的。《良相吴珬》更重视对传统文化和历史人物的逼真描绘。他力求以当下中国文化建设需要的观念和思维方式为参照系，对自己稔熟的历史故事、历史人物，特别是传统文化从积极的层面加以发掘、把握、提炼和升华，具体描绘使文本中人物还原成为如同人物曾经的实际生活本身那样的生动形态。

《良相吴珬》一作，虽没有贯串始终的故事情节，但由于所有情节都为集中刻画吴珬这一中心人物，于是，我们看到的是接连不断、时刻在变换的吴珬的生活场景和生活细节。这是一部以场面渲染和细节描绘取胜的小说，这种结构方式，在宋福聚，是有意而为之的：以小说人物吴珬作为士人的生活态度和精神气质相配合。这种生活态度和精神气质是通过人物语言呈现给广大读者的。宋福聚在写作过程中对小说语言很是看重。无论是叙述语言还是人物对话，都采用了口语+方言的形式，同时又非常重视自己的叙述语调和人物的情态，特别是人物间思想碰撞、交接和交流时的反应，从而渲染出了吴珬的日常生活氛围和情调。叙述语言与人物语言的和谐相应保证了整部文本语言特点的圆融一致，这也让读者看到了与小说中吴珬一起生活和思考着的作者的身影与情感。当然，呈现出来的是具有了美学价值的文化意蕴深厚的原生态似的生活。

郭俊明 中国作家协会会员，山西省长治市作家协会主席。著有长篇纪实文学《最后的命运》，长篇小说《三十八面黑旗》《村干部》《选举》（合著），历史文化散文集《古韵平顺》等。

在历史缝隙处的灰色书写
——论郭俊明的长篇小说《村干部》《选举》及其他

李拉利

鲁迅在《阿Q正传》中说,作家的文章和名气是可以互相成就的,所谓"人以文传,文以人传"者是也。但这样的好事需要以天时地利人和为条件,所以并不常见,更多的时候,人文领域中成名成家的规律和鲁迅说的正好相反,"国家不幸诗家幸,赋到沧桑句便工"两句,才是无数人文历史际遇的归纳。但无论幸运与否,都属于人文事业的极端情况,真实的情况是,在平凡的地方,平静的时间长河中,作家平凡地存在着,感受着,写作着,这一切似乎更符合作家的本相,也更符合盛世写作的本相——那种引起轰动的人文现象往往是乱世甚至是衰世的文学异化效应。太平盛世中的写作,不必承担启迪大众或者宣传革命的额外任务,只要有一点兴趣,三五好友,也就够了,如果再加上些市场头脑,把昆德拉所不屑的"媚俗"之术发挥一下,那么季度年度畅销书作家是跑不掉的。如此说来,文学,尤其是中国现代严肃文学的当下命运,似乎有些不妙了,在经历政治宠儿的峥嵘岁月之后,中国文学既没有开山时代的"德赛"二先生加持,也没有了李泽厚所说的启蒙与救亡的双重奏,到了新千年之后多媒体娱乐至上的"小时代",甚至对新时期以来文学的"二为""双百"原则也形成不小的冲击。没有了宏大主题作"靠山",文学到底是"于人生有益的严肃的工作",还是"高兴时候的游戏与失意时候的消遣"?要解决这个问题,需要对当代文学的发展史进行微观的、长期的梳理。但现有的当代文学史很少有微观视角，大都是在社会史的框架上议论文学，因此过于依赖那些曾经"有影响力"的作家作品，以"经典"为点，以点带面，这样的当代文学史太疏放了，也有些短视之嫌。事实证明，许多文学史所一再倚重的"经典"，有的只是王朔所讥讽的"装孙子"式的"文化意义大于文学意义"的作品，"尔曹身与名俱灭"的速度太快。其实从统计学角度看，当代文学的成就是巨大的，但要发现这种成就，我们需要一颗平常心，需要一种眼光，用鲁迅发现中国脊梁的方法，那就是深入中国当代文学地底下，自然会发现当代不但有文学，而且有非常优秀的"于人生有益的严肃的工作"的文学，在盛世中，在多媒体时代看文学，尤其需要这样的平常心，这样的微视角。

一

郭俊明先生就是太平盛世中一个小地方的大作家，他擅长在历史的节点或者说缝隙处发现冲突，书写冲突。冲突的双方，大的有改革开放初期的政治观念与商业头脑、老兵营长的坚守与社会的发展、九届老代表的政治原则和选举新办法，小到对普通人情感微澜的敏锐把握，如短篇小说《蓝星舞厅》对传统男女关系在遭遇物化人生的无聊、欲望挑战后的尴尬。作为长治市作协主席的郭俊明与众不同的是，他作品不多也不少，名气不大也不小，如果从1988年他在《黄河》发表《光与葬》算起，作家生涯至今整三十年了，前二十年笔耕不辍，佳作时有，最近十年作品相对少，但薄薄的一本散文集《逃避智慧》，却称得上是作者进入文坛三十年来品味人生与艺术三昧的双绝之作。

2008年德国汉学家顾彬的《20世纪中国文学史》低度评价中国当代小说，连着之前的"垃圾"论，"五粮液""二锅头"的戏说，形成了有点轰动效应的当代文学的"顾彬现象"。并不是说他的观点多么扎实深刻，事实上这是一种颇为成功的学术噱头，他曾开玩笑说这样更容易引起关注。但他确实喊出了一个片面的真理，如同小孩子说皇帝没有穿衣服一样。但是就在这一年，郭俊明先生出版了他的两部长篇力作，《村干部》和《选举》，如果这不能说明问题，之后一年莫言出版了后来获得诺贝尔文学奖的《蛙》，因此，2008年说中国当代小说整体水平低下，从反思高校文学史编写模式上来说或许是一个创见，从微观事实上来说则是一个笑话。

相对二十年前发表在《黄河》《北岳》《小说》上的中短篇来说，郭俊明先生的《村干部》《选举》，可谓他在小说创作上的一个飞跃，一个新的开始。

《村干部》是一部描写农村人与事变迁的原生态的作品。关于生态这个词，作者在《铁锅就铁锅吧，生什么态呢》（见《逃避智慧》）中有绝妙的理解，但这里所谓农村原生态和那个不一样，其实就是对农村原汁原味的本色叙述，没有远距离观察所带来的模糊感，也没有混同其中而产生的认同感。在《现代乡土小说三家论》中，范家进说赵树理对农村的了解胜过鲁迅，鲁迅只能"遥望"农村，他的农村小说只能写农村的外在，比如《故乡》《风波》中的农村院子描写，屋里陈设就很模糊，而赵树理则可以自由出入其中，因为赵树理本来就是农村出来的。同样是描写农村，郭俊明和赵树理的贴切与鲁迅的疏离都不一样，他的作品有一种"减之一分则太远，增之一分则太近"的距离感，这种距离恰好在鲁迅的"遥望"与赵树理的同一之间，是一种有张力的叙述，既能生成一种奇特的感受农村而不是认识农村的艺术效果，就像什克洛夫斯基所理想的文学境界一样；也能防止"入兰芷之室久而不觉其香"的自动化效果，从而失去作者所具有的批评意识。"窥一叶而知秋"，《村干部》以尚朝贵从"要饭支书"到"万元户"支书的个人变迁为主线，以一个人物的变化折射而非再现了一个农村、一个时代的变化。这种叙述方式是十分巧妙的，也是有效的——无论从作者创作角度而言，还是从可读性方面来说。这是一部长篇小说，但是人物关系单纯，小说结构单一，情节平缓，叙述略显冷漠。从艺术上来看有一种童话故事般的简单，但这种简单是作者努力经营的结果，是农村生活去除"高尚""淳朴""狡黠""勇敢""美丽"等人为概念及其所附加的政治与道德意识形态之后的原生态呈现，这样，《村干部》将自己和之前的农村题材的小说做了明确的切割，它不再是某一段历史的政治注脚，也不再是某种价值观念的具体例证，而是作者所体验过的生活，所生存过的空间，所接触的人们，所梦想过的梦想。读罢掩卷，就是一两个人物，三四件事情，没有所谓的起点、发展、高潮，也没有所谓的现实或者浪漫，有的就是"不折腾""活下去"。如果说《村干部》的主题，和余华的《活着》类似，"活下去""活好点"就是。"饥饿"是当代作家对一个特殊时期的一个共同记忆，阿城、余华、莫言在他们的作品中对粮食、吃，都有细致的刻画。但和《平凡的世界》《活着》《蛙》等作品的戏剧性相比，原生态写作的《村干部》太缺乏故事性和传奇色彩了，作者只是用冷冷的笔粗线条勾勒出了中国北方普通农民的务实。正如要饭时代的尚朝贵说的，"这会儿管什么支书不支书，就是母猪屙下来的能吃，我也跪"。这种务实的态度很有些政治不正确，正如公社支书批评的有些丢社会主义的脸。但这是尚朝贵，甚至是郭俊明所有小说中主人公的态度，比如阻碍改革开放的老兵营长（《深林》），被省委书记批评为"卖光"派的市长牛子甫（《选举》），他（们）是杰出人物，又有"缺点"，因为这缺点常常不容于众，也因为这点而在历史的转折点出现时成为最有希望的那类人，成为郭俊明笔下的"英雄"。

费孝通在《乡土中国》中说，"一个在乡土社会里种田的老农所遇着的只是四季的转换，而不是时代的变更；一年一度，周而复始"。农村中的农民，其实是一年种一年收的实践者，两年种一年收，或者十年种一年收的事情对他们来说有些不靠谱，那种"只问耕耘不问收获"的人生大道理，那种"宁要社会主义的草不要资本主义的苗"的政治大道理，在这里最难被消化，最容易受到抵制，或者可以说这就是小农意识的局限性所在。但是，在政治挂帅的时代，农村到底是如何丢掉务实传统与小农意识，集体向左转，一夜之间就成为实践新理念的所谓新人的呢？赵树理、周立波、柳青这代作家有所谓社会主义现实主义式的回答，路遥、贾平凹、陈忠实、莫言等则有"二为"式的回答，这两种回答代表了不同历史阶段的标准答案，但是这两种回答作为文学其实只是一种声音，那就是"主题先行"，是以一种浪漫的想象对客观叙事的替代。《村干部》可以说是两种回答之外的第三种方案，那就是对农村中的人与事进行有距离的原生态素描——一方面，作者用语言文字尽量贴近生活事实而非提取意义，尽管这在后结构主义批评家那里是徒劳的；另一方面，就是作者明白语言文字的不足，但没有达到后现代式的能指失望，而自觉保持着对语言文字迷信的警惕，从而不断开拓、发展自己的叙事艺术。正如一位批评家说的，艺术技巧，那就是实物到作品之间的距离。郭俊明作品中的距离，就是他所关注的农村实物到他的《村干部》之间的距离，就是他的叙述艺术。《村干部》的文字夸张，意思真真假假，有一种戏谑的真实感：尚朝贵买车记如梁生宝买稻种，如陈焕生上城记。这是对历史，对经典的戏仿。而整部作品，就是非常态的文字对生活的非常态的戏仿。而戏仿，就是学说话，天然具有一种讽刺效果。曾经的"投机倒把"分子陈运来，领了乡里的先进，自己也说"这世道也是来回翻烙饼"。如果生活是荒诞的，文学何必要自欺欺人地为它抽取意义呢？如果生活是多义的，文学何必跟在政治后面将之单一化呢？上文说过，《村干部》的人物、结构、情节共同形成一个简单的艺术特征，而这个简单其实是作者努力经营的效果，这样才能最大限度地还原"翻烙饼"式的历史，而不是简单地说好或说坏。

这种急剧变化的历史长波段书写，和书写一个时段的历史是不一样的，试和作者二十年前的《光与葬》，尤其是和《蓝星舞厅》相比，就能明白这点。

曾经的跌宕起伏、错落有致在这时成为童话故事般的简单，是以不介入来保证所述真实不虚的方法，是一种无招胜有招的返璞归真，更是一种文学信念。形式的简单与几乎无事的故事，正好更有力地凸显出作者对文学这一"经国之伟业"的认识：戏剧化的生活只能产生故事，日常生活则能产生小说。而故事和小说是有质的差异的，前者是感官话语，后者是主体话语。《村干部》中最戏剧化的因素恐怕就是尚朝贵的个人化语言了，读起来很给力，然而，这不是小说的重点。有人将《村干部》归入"官场小说"，这样一来《村干部》似乎成了尚朝贵个人的升官图了。在《乡村与官场》（见《逃避智慧》）中，作者现身说法，拒绝把《村干部》归入时髦的"官场小说"中去，那样不但不符合常识，而且将会大大偏离小说的主题。《村干部》的主题不是曲折的故事，不是传奇的个人成功史，也不是尔虞我诈的官场秘籍，而是冲突，是时代主题与历史惯性之间的冲突。追求真理的中国人在最近的一百年间所受到的真理的考验是频繁的，在坚持真理和追求真理之间不断体现出一种理论与实践的悖论，而郭俊明最擅长的就是以较为超然的眼光来看那些因为坚持真理而显出落后的权威与因为追求真理而被批判的先进之间的悖论关系，对这类冲突的把握体现在《村干部》中，也体现在80年代的改革小说与21世纪初的《选举》中。如果说《村干部》更倾向于时代冲突的客观层面，那么《选举》这部长篇，就更深入人心，将主体变化的内在层面书写得风起云涌，波澜壮阔。

二

《选举》的笔触伸向神秘的省委机关和神圣的选举会场，这似乎更有官场小说的基因。从二十年前的《光与葬》《深林》来看，郭俊明向来就有一支描写官场上层的如椽巨笔。但《选举》依然不是官场小说，毋宁说，《选举》是时代主题与历史惯性的冲突的形而上书写。和《村干部》相比，《选举》更像一部长篇，至少在人物关系、小说结构、情节发展和叙述语言上，这部小说更复杂些。小说的主题是选举，但是只写了预选、第一次直选和第二次直选前一小时前的内容，最终内容或者说最终选举结果并没有交代。也就是说，最引人——包括小说中的省委书记和小说外的读者——瞩目的两个候选人曾传薪与牛子甫的结局是个未知数，这就增加了小说的想象空间，其实也是作者逼迫读者共同完成一个现实难题的艺术手段。

选举，这个古而有之的名词在中国进入现代社会之后就成为非常敏感的一个词，也是检验我们进步的真假、程度的一项重要指标。在赵树理时代，豆选成为解放区取代敌占区、国统区进而统一全国的一个政治症候，因此简单的仪式中具有一种革命的神圣性。新中国成立以来，无论政治风云如何变化，名义上总是在向着人民当家作主的方向不断进步。选举，这个充分现代化了的政治能指，一改宗法社会中的权力与道德的运作机制，越来越成为现代政治制度中普罗大众行使当家作主权力的实践动词与制度名词。小说还是从作者擅长的冲突——旧习惯和新办法之间展开。省委书记周代为了确保省委意图的实现，带着组织确定的副省长候选人之一钱淇和各团代表见面，同时敲打非组织推荐而符合"新选举方法"的民选候选人，否则"还开人大会议干什么，要代表团团长干什么"。当"与组织保持一致"和严查"贿选"两项规定公布之后，民选代表纷纷退出，最后偏偏还有两个坚持不退，一个是省发改委主任曾传薪，一个是t市市长牛子甫。在这种情况下，往日多少有点形式主义而毫无悬念的选举在这时变得实实在在且充满变数，以至于要预选，要第一次直选，要第二次直选，中间则是各种势力的较量，各种观念的博弈，各种可能的进退。这些不稳定的过程构成小说的主要内容，也结构出小说的框架，从博弈的过程到悬念的结果本身也说明，选举，这个在过去"无话便短"的政治活动，现在竟然能支撑起一部长篇，至少是支撑起了《选举》，多少可以说明社会的进步程度，可以说明作者所关注所期待的社会的进步程度，这是中国的幸事，也是当代文学的幸事。

其实小说的结局不难猜测，因为连政治活化石伍月兰，这位连任九届的人大代表都产生了可谓带有革命意味的思想觉悟：

> 我当了四十多年的人大代表，一直抱着一个想法，听组织的，组织上叫干什么就干什么……举手机器……可这次偏偏有点新情况……过去那些候选人一当，就和咱虎起脸，好像我就该选你。你选上了要干什么，你是个什么人，一句话也不和咱说……连个情都不领。这次不管怎么说，牛市长也好，曾主任也好，跟咱把话都说了，当咱个人……不把咱当瞎子、聋子、摆设，你说我手里这张票不给他们给谁？可是，咱又是党员，还得听组织安排，真叫我为难……谢书记，你可别怪我想得多，到时候，我划谁，可由我做一回主……再开会，不要跟我说应该划谁不应该划谁的话了。

这段话在擅长创新的曾传薪和"败家子"牛子甫来说很正常，甚至在省委书记周代那里也是可以理解的，但从当了四十多年代表的伍月兰口里说出来，确实不亚于一场革命。正因为如此，说本书具有一种浪漫主义色彩，也不为过。

作于2008年的这两部长篇，写作重点不同，一个写外在行动，一个写心理，这是二者的主要差异。共同点是时间地点的缺位。一般来说，在文学作品中具体的时间、空间、人物信息的空白程度，与作品的形而上意义的程度成正比。这两部长篇都没有标明时间地点，或者说它们的地点一个是农村，一个是会场；时间则需要在阅读中细细体会：《村干部》中的时间只有在一些具有时代特征的名词中折射出来，比如饥饿，要饭，公社书记，乡党委书记，贷款，坏分子，万元户，等等。另外，个别章节的叙述也能侧面反映出一些故事时间，如第八章"贷款并且买车记""早听说你这要饭书记……听说你那几年里还和一个坏分子勾结着倒腾过粮食"；第十一章"头一回对那只银酒盅生心思""就算'文革'不搞了，砸烂你的狗头也不是一个难事儿"，这些名词的变化标志着中国农村历史的沧桑，这部小说因此有一种史诗的品格。《选举》的时间则离现在很近，因此缺少那种有沧桑感的语言标记，所有的词离我们很近，以至于读小说如同读文件、档案、报纸、日记、传单等，有一种文体混淆的现在进行时的错觉。但一位九届代表伍月兰的出现，尤其是她的革命性认识的升华，则大大延伸了小说的叙事时间，因此小说中的选举不但具有明显的社会现实关怀，亦有了深厚的历史品格。可见，具体时空的缺位是作者有意为之的，这样可以让小说产生更强的艺术概括效果，也可以最大限度地减少枝节对主题的干扰。正如鲁迅为了排除人们阅读时对号入座的无聊心理，而将其小说中的"坏人"设计为老大或者老四，郭俊明也为他的《选举》的社会关怀与历史品格设立一些提醒，从而避免那种索引式与求奇式的阅读尝试，比如《选举》中的候选人姓氏：赵、钱、孙、李。

三

如果从20世纪80年代的中短篇小说看过来，不难发现郭俊明的小说擅长于在历史的缝隙处书写，这种笔法使得他的文学形式与内容也产生了一道可以意会难以言传的裂缝：内容上倾向于"左"，是关注社会现实的现实主义，而艺术上倾向于"右"，无论是主人公还是题材都有些非主流，而且在文字上有一种说不清的感觉，介于油滑与认真、玩笑与严肃、歌颂与批判之间的灰色感觉。这或许是作者的无意为之，也或许是作者基于生活观的艺术观的理论自觉，总之那种黑白分明的语言在他的作品中特别稀罕，如果有也是次要人物的，而绝不是主人公或者叙述者的声音。《光与葬》中赵雨涛是个实干能干的正面人物，但是作为市场经济弄潮儿，他的心机，他的贪婪，作者一点也没有避讳；《深林》中目光如炬的老将军多年后对老营长的陌生感令人唏嘘，老营长在社会发展潮流面前固守过去，不惜毒狗自杀更是令人难以褒贬的悲剧行为；《村干部》中的尚朝贵似乎是一个务实的王八蛋，但他最受不了别人说"这个世道""这个年头"，"我就不爱听这种话，什么叫这年头，这年头这种话我一听就觉得到了日本人在的那会儿。"他的务实不能证明他的政治不正确。而《选举》中的"败家子"牛子甫出卖国有资产却是为了给国家给社会减负，是"盘活"国有资产……灰色，可能是生活本色，从生活出发不从概念出发的作者，在他的作品中带上在左、右两派看来是不够分明的灰色，或许是再自然不过的事。

最能说明问题的是《蓝星舞厅》。这篇发表于1988年的短篇小说，关注的不是农村发展，不是政治选举，也不是社会改革，而是普通的男女关系，平凡的生活琐事，还有一个"新事物"，那就是商品社会中人生物化后必然产生的无聊与欲望——这些似乎比革命、改革等重大题材更常见。主人公"你"和你的妻子李初月，开始时男女尊卑不同，但是大家各安天命，奋斗、梦想、事业、学业、家庭，一切都有序进行。这个时候，苦难只是物质意义上的。后来李初月从卖茶水到开商店逐渐有钱了，光买家具就花了七千块，丈夫你却只是一位月工资"四百八十大毛"的语文教师。《诗经·氓》的千古危机在这时以能力对道德、经济对地位的置换而出现了戏剧化的逆转，你，怎么办？这是一个现代化难题，对传统上男尊女卑的中国人来说尤其尖锐，尽管小说依然是在历史的缝隙——经济主题取代政治挂帅的关节点的书写，但间接描写的方法，男女关系的视角，乾坤倒转的预设，兼之第二人称的采用，使得小说远离了是非黑白的价值判断，贴近了日常生活的混沌态。这个时候，小说主人公你，坚持教职，或是倒卖木材，你的媳妇李初月坚持所谓妇道，或是所谓红杏出墙，哪个对哪个不对，谁来判断，一切都失去了原来的确定性，一切都有待新的确定性。从民族国家的宏大视角来看，这或许是历史的节点处最不值得关注的话题，然而从"你"的视角来看，这或许才是最值得关注的，否则"窝囊"……如果说这些主题在别的作品那里也有的话，那么这部作品得风气之先之处，是对颇有后现代意味的无聊与欲望主题的把握：

小伙子离她越来越近，胸脯几乎挨到李初月隆起的乳房，这时候李初月才感觉到他的激情与渴望。但是她用冰冷的眼神告诉他离得远一些。

……

来！为你的一片真情，干杯！

被轻歌曼舞挤满了的舞厅，让这轻轻的"叮当"一声响裂开一道小小的缝隙，但是什么也通不过。

关注历史而坚持人文立场，呼吁理想、批评丑恶而不忘说人话，这是郭俊明文学小时代中创作的一贯风格，即使在长篇传记文学《最后的命运》中，在面对历史大时代的风云人物的时候，这一点也很明显。1948年，是钱理群所谓"天地玄黄"的一年，这是历史的最后一幕与历史的第一幕的交接点，是喜剧与悲剧的转折处。在这个历史的缝隙中，郭俊明书写了"俊如兄"卫立煌困守东北的灰色历史——确实是灰色历史，出不出沈阳，保不保长春，救不救锦州，甚至听不听蒋委员长的话，一切都在两可间。谁能想象，曾经叱咤滇缅战场的"五虎将军"，他的最后命运竟然是一段举棋不定的灰色人生，然而这是真实的，在这里，风云人物也尽显平凡人性。由此笔者不禁好奇，假如请作者书写非节点历史中的正面人物，比如1956年的毛泽东，或者1992年的邓小平，或者没有历史意义的某一年的平常人，他会不会爱憎分明地书写呢？当然这是强人所难的想法，而且不难想象，即使如此，擅长在平凡中发现问题的作家，一样可以在常人看来非节点的时刻发现其节点意义,从而继续得心应手地涂抹其灰色艺术。

除了上述总体意义上的艺术特征外,郭俊明小说艺术还有一些值得一提的小特征。首先是豪放。作者应该是一位豪放派,在他的作品中,叙述者声音的粗犷,主要人物性格的粗野,作品结构的疏放,都能说明这一点。但是豪放之余却有体贴入微的心理体验,人物语言虽然总是没有"正经",但是这些"屁话"中,意思是清晰的,意图是顽强的,最主要的是,往往也是合理的。可以说,不正经纯粹是应付非常态、"翻烙饼"的外界的手段,而合理的见解只能"不正经"地存在于书中,书才能存在于世上,进而说,人才能活着、爱着、写着,而不是仅仅活着。这样说近乎将豪放派变成一种保护色,其实不然,这是一种契合作家个性、观念、经历和才能的美学趣味,至少是一种文学品格,否则我们无法解释作者三十年如一日的写作方式,虽然深度广度都在不断的变化中。

其次,主要人物的嘴都臭。《光与葬》中的电机厂厂长赵雨涛,工程师阎潮,能让"一副好嘴"的左副市长都无言以对。《村干部》中的尚朝贵,《选举》中的曾传薪,甚至是《最后的命运》中的历史人物卫立煌,这些人在自己的作品语境中,都是开口就能伤人的主儿,只不过有的文气些,有的则粗话连篇,但无论粗细,他们在坚持自己观点方面则毫不含糊,且往往能够顺势而为,是突破旧道道的急先锋。

细节,重复出现的细节,背后是作者想要强调的重要信息。比如赵雨涛爱和别人比较烟的好坏,这个无伤大雅的细节最能说明他的务实。务实,是郭俊明笔下主人翁们的共性。一个务实,多样表现,粗野如尚朝贵的带头乞讨,派出所偷车;狡猾如牛子甫厕所堵截省委书记;土气如常广泰选举画圆圈的阿Q心理;霸道如赵雨涛生吞云山电机厂;等等。此外还有一些没有什么意义,完全是下意识反应的心理细节,比如牛子甫在见了省委书记周代之后心神不定,深夜开车在没有人的路上时,"他没有道理地打了一声喇叭,想把刚才的那一切都驱逐出他的脑子"。这个细节有动作更有心理,是写出来而非想出来的神来之笔,妙不可言。而这样的神来之笔在郭俊明的小说中随处可见。

四

茅盾说谈鲁迅的小说不能不看他的散文，同样地，谈郭俊明先生的小说，不能不说他的《逃避智慧》。

这是从2008年后在经过十年的文学沉默之后，郭俊明出版的一部散文集。集子由三个部分组成，第一部分畅谈古今中外，不妨称之为"说别人"；第二部分回忆个人往事，可谓"说自己"；第三部分则是作者的"谈艺录"，所谈多为朋友的作品专集，有诗有文，有小说有史志。谈论者是作家又是熟人，轻车熟路，知人论世，因此对艺术的真知灼见时现其中。

我看散文集一般是随便翻开，好读就看下去，不好读就跳过，再随便看一篇，如果还不好读，再翻，直到好读为止。好读与否没有什么标准，纯粹是个人习惯，强说起来，首先是话题有吸引力，然后是文字有力。这种读书法当然不值得提倡，但是在信息泛滥的多媒体时代，这似乎也是可以原谅的，我以为。翻开郭俊明先生惠赐的《逃避智慧》，正好翻到本书中间位置的《我与蚊子》，第一句话"我与蚊子有不共戴天之仇"一下子吸引了我，使我放下了手机微信朋友圈看了一半的《坚决反对特权，向政策性腐败说"不"》，接着读《我与蚊子》。此后是断断续续的读，读完蚊子读苍蝇，《与苍蝇搏斗》，由此明白蚊子苍蝇为何要一起打的道理；读完苍蝇读魔鬼，《欲望的魔鬼就这样露出狰狞》，醒悟投机心理就是魔鬼的温床；然后是蚂蚁，《这群无序蚂蚁的背后》，致那群没头没脑的"80后"，致我们这无序的一代人。可能是八卦心理，也可能是研究意识，我对第二部分最感兴趣。孟子说知人论世，鲁迅说要研究作品先要研究作家，都可以拿来支持我的这个兴趣。其实看过之后，我想说，真的是先有作家后有作品，是作家创作了作品而不是作品创作了作家，歌德的话还是需要辩证地看的。从研究的角度来看，作品与作家的关系，有点像台前幕后的关系，我在前文针对郭俊明的小说所发的浅薄议论，其实在读作品的时候只是大概的印象，这个阶段顶多达到"意翻空而易奇"程度，克服"文征实而难巧"，将那点感觉明白无误地写出来，是在读了《逃避智慧》之后，尤其是在读了其中的第二部分之后。

《三千里漫步》是最震撼我的一篇文章。一则文章所写的往事足以震撼我——骑自行车从长治到北京跑一趟。一则文章的境界——"一切如旧，天不曾塌，地不曾陷……进进出出的人们依旧是那样"。壮举震撼人，对壮举的平淡反应尤其震撼人。这是足以令人深思的事情，我想到了"天地不仁以万物为刍狗"的古句，想到了赵树理《平凡的残忍》，想到了"几乎无事的悲剧"，想到了《蓝星舞厅》中的无聊，想到了诗人海涅的跳蚤悖论，想到鲁迅的喟叹"呜呼，人与人是不相通的"。但是我依然有一种阅读的冲动，可惜作者很快就结尾了，把风雨路上"左腿右腿的洗礼"，打脸的雪粒，雨衣上的冰屑，无边的上坡路，酣畅淋漓的下坡快感，都草草结束了，当下一篇《山情》翻过来时，我才遗憾地发现《三千里漫步》结束了。仅从这一点简直可以说，作者是一位对自己很随便的人，也是很容易受环境影响的人——这一点感觉，《病》可以佐证。

《逃避智慧》如同《天问》，提出的是无法作答的大问题，但无法作答显然是智慧者的事，视智慧如敝屣的芸芸众生毫不思考就签字画押，选择、交易、解决了这个小问题，就像与魔鬼订约的浮士德博士一样。不一样的是，浮士德还有悔改的时候，如同《圣经》中迷途知返的浪子，而将"巴结上司，讨好邻居，通融左右，算计钱财，战战兢兢地为自己争得一席之地"作为芸芸"聪明人"们，在求得实际上是感官刺激的所谓幸福的同时，也陷入了"无穷无尽的烦恼，没完没了的纷争，苦海无边，回头没岸"。这哪里是拥有智慧的高级动物的人间，简直是一幅罪与罚的地狱图景。有研究表明，中文《圣经》中的所谓智慧果在词源上经过多次翻译，而作为源头的古希伯来语其实另有他意。今天的《圣经》和合本就不用"智慧果"这个概念，用的是"分别善恶树上的果子"，而 NIV 本则是 the fruit of the tree of the knowledge of good and evil。至于说吃了这个果子可以拥有智慧，这不是《圣经》中上帝的话，而是蛇的话；上帝警诫吃善恶果是在生命果的语境中说的，也就是说在有选择的情况下，选择吃生命果，不要选择吃分别善恶果。

在《圣经》中，无论《旧约》《新约》，生命才是真正的财富，没有生命一切都是假的，对罪的惩罚也是剥夺一次生命或者剥夺再次生命即复活的机会。相反，奖励则是不朽的生命，"真的生命"。在这个意义上，《圣经》是慈悲的生命书，和动辄宣布为善而献身的智慧/教条针锋相对。从食用禁果明白"善恶"的首要效果是羞于裸体这一点来看，"生死事小失节事大"，不就是《圣经》中蛇的论调吗？这难道只是一个巧合？由此可见，所谓智慧，所谓智慧果，其实与智慧无关。在《逃避智慧》中，作者是从一般人们接受的事实上来谈智慧的，大智慧的境界难以企及，世俗算计又不屑为之的"诗人犯傻，教授受穷，哲学遭冷落"现象，算是一种拒绝和魔鬼订约的逃避智慧行为吧，这明显有古人难得糊涂的神韵，虽然也还是"上帝对人的真正惩罚"，总算在代代不绝的蛇的世界上，保住了作为人的资格——是人，就有机会。

作为谈艺录的第三部分，和第一部分的《时代的容忍度》《说评点》两文都是作者文艺观的直接体现，其中有作者写作的原则，批评的标准，结构的沉思，炼字的经验。限于篇幅，兹取一段，深契文心，亦合吾意者作结：

"他每一个字都被浓浓的情所浸泡过。"

刘潞生 长治资深文学评论家，先后创作了长篇历史散文《平民诗人王省山》、文学评论《长治文学60年》、长篇纪实文学《炉火印太行》《常平纪事》，以及散文、评论、小说、报告文学等多部（篇）；著有地方文化研究专著《上党寻笔》《潞安州府文化探寻》，主编了《长治文化艺术大事记》、长治曲艺作品选《无品清官》、励志文集《展开奋飞的翅膀》等。

镜像与突围

——刘潞生的"长治当代文学史"书写

李 刚

尽管刘潞生先生将其著作定名为《长治当代文学记忆》，然而通观全书的结构、体例，仍是文学史的主流叙述方式。这种方式以作家作品论为主要内容，辅之以纵向的政治社会发展史，以及横向的文学潮流社团演变史，是20世纪中国文科教育科学化的产物，尤其是大学文学教育西方化的产物。五四新文化运动以来，随着中国大学教育向西式教育体系的转化，系统化的"文学史"取代了注重"辞章之学"的传统文学教育，无论是鲁迅堪称经典的《中国小说史略》（1923年），还是王瑶具有学科奠基意味的《中国新文学史稿》（1953年），抑或是游国恩等教授编著的《中国文学史》，皆与他们在大学里的教书事业息息相关。陈平原曾通过追问鲁迅晚年为何最终未能编出一部《中国文学史》，提出了如下论断："文学史著述基本上是一种学院派思路，这是伴随着西式教育兴起而出现的文化需求，也为新的教育体制所支持，因此，鲁迅晚年文学史著述的中断，与其学界边缘的位置有关。"[①]

《长治当代文学记忆》在某种程度上有跳出这种编写思路的倾向，这可能也是刘潞生先生用"记忆"代替"文学史"的原因之一，当然也与这项史无前例的编写工作有关。正如张不代先生所言，从全国范围

---

① 陈平原：《作为学科的文学史——文学教育的方法、途径及境界》（增订本），北京大学出版社2016年版，第354页。

看，编撰这样一部地级市的文学史，刘潞生几乎可以说完成了一项"绝无仅有"的巨大工程。①众所周知，1980年前后，大学文学史课上最常用的《中国文学史》，一套是由中国科学院文学所的学者编写的，一套是由游国恩等几所大学的教授编写的，其中关于作家作品文学思潮的论述，是经过许多人反复试验和论争，才确立下来的研究结论，高度容纳了此前几十年文学史研究的成果。而《长治当代文学记忆》中的作家作品，只有少数引起国内文学界的注目和评论，更不用说研究成果的综述。"记忆"允许编者有更大的自由度，也是刘潞生先生在地方文学史荒野中披荆斩棘的自谦。作者耗时十年，阅读了新中国成立六十年发表在国内报纸期刊上长治籍作家的各类作品，参考了近百本文学史、文学理论书籍，重点对改革开放以来三十多年的作家作品文学思潮做了条分缕析的梳理，对于长治文学的整理，长治地方文化的发掘，上党地域文化特色的总结，做出了重要的贡献。

关于这本著作的意义和价值，张不代先生在序言中已有精确的描述，本文不再赘述。长治当代文学在刘潞生先生的书写中，呈现两个重要的特征，即镜像与突围。所谓的镜像，指地方文学与政治意识形态以及中国当代文学的互文关系；所谓突围，指作者对长治当代文学的总结性描述中，暗含挖掘地方文学独特性的潜在企图。

一 政治意识形态下的长治当代文学

地方文学史与意识形态的密切关系并不奇怪，因为中国在20世纪，现当代文学发展史与现当代政治经济社会发展史紧密联系在一起。但长治地区却更为特殊，作为曾经的八路军驻地、最早解放与参加土改的地区，中国共产党在上党地区的政治影响力巨大，红色文化对上党传统文化的重塑不可忽视。另外，作为土生土长的上党人，赵树理从延安时期即被树为新文学的代表，中华人民共和国成立后形成的"山药蛋派"更是对长治文学产生了持久的影响。因此，长治当代文学不可避免地打

---

① 张不代：《以史立镜，与天为党，扬我魂幡——序〈长治当代文学记忆〉》，光明日报出版社2013年版，第1页。

上了鲜明的红色烙印。

1961年长治市文联成立，随即编写了一套反映近十年长治文艺创作成果的作品集，包括小说、诗歌、散文等体裁。从刘潞生的介绍中可以看出，与当时中国大陆的文学状况类似，长治地区的当代文学几乎被政治意识形态裹挟。小说在内容上"大多是紧跟政治中心的应时浮泛之作，写作上也几乎无一不张扬着脱离真实生活的公式化、概念化、标语口号化倾向，缺乏内涵"；诗歌"没有鲜活的艺术形象，没有个人意志的张扬，有骨没肉，有意无境"；散文的发展则更为迟缓，创作者对散文的文体特征尚未明确。这种状况出现的原因在于，20世纪以来，由于战乱频仍，长治地区文化，特别是由传统士绅阶级主导的精英文化实际上处于一种断层局面，文化人凤毛麟角，"太行、太岳根据地土生土长的文艺活动以戏剧创作演出和群众性的曲艺演唱活动最为突出。而文学的活跃与繁荣更多地依赖从延安和国统区来的那些作家、诗人、记者。革命胜利了，他们也随之进了大城市。"[1]

"文革"期间，长治文化界遭遇沉重打击，剧团解散，文联领导遭受冲击批判，演职人员改行转业，一些作者受到清查。1972年，长治市文化馆成立创作小组，开展群众创作辅导，团结了一批业余文学爱好者，作品基本紧跟形势，谈不上什么文学性。1966年的《长治市报》甚至刊登了批判赵树理的文章。

粉碎"四人帮"后，中国文学进入新时期。在初期，文学仍然处于政治风潮的影响下，"文学自觉"尚无从谈起。随着刘心武、卢新华小说的发表，中国文坛相继出现"伤痕文学""反思文学"和"改革文学"。长治地区的作家明显受这些思潮的影响，在作品中对"四人帮"和"极左"思潮进行反思。跟当时的全国文坛现状一样，作品"依然围绕和因循政治形势编结故事、设计人物，还依然在所谓的'歌颂'与'批判'的两元思维之间简单地游弋和彷徨"[2]，很多作品惊人的雷同，呈现出模式化、简单化的倾向。值得注意的是，长治地区的文学虽

---

[1] 刘潞生：《长治当代文学记忆》，光明日报出版社2013年版，第18页。
[2] 同上。

然是全国文学的一股支流，但其发生时间上相对滞后，延续时间却又相对较长，这与长治地区交通闭塞、信息封闭的地域特征有关，"接收—消化—写作"是这将近十年间长治文学的普遍模式。

可以看出，从新中国成立到80年代中期，长治地区的文学完全被政治意识形态主导，这一方面与大的政治形势有关，另一方面长治地区的特殊环境也起到重要作用。如前所述，长治地区是抗日根据地，最早的解放区之一，中共组织在这里长时间致力于基层社会的改造，发挥无产阶级专政的威力，打破了家族、民族界限，把人们按照阶级和利益重新组织起来，使人们牢固地归属于行政组织；另外，新中国成立后长治是国家重要的重工业基地和煤矿生产基地，除此之外就是农业，别无其他重要的经济形式，国有企业的社会主导地位，也在某种程度上决定了地区文化的面貌，必然是对国家意识形态的绝对认同。因此，在这一时期，长治地区文学并无自己的声音，基本上是政治意识形态的镜像。

二　潮流更迭中的长治当代文学

20世纪80年代中期以后，政治对文学的控制逐渐放松，文学对政治意识形态的离心力越来越强。伤痕、反思文学迅速被作者和读者抛弃，成为政治戕害文学的新时期标本；与此同时，西方现代派文学开始大量翻译介绍到国内，深刻影响了一大批中青年创作者。技巧重于思想，形式大于内容，引发了国内文坛激烈的争论。比如1982年秋季爆发的围绕"现代派"的分歧，肇始于1981年9月高行健《现代小说技巧初探》的出版，经由1982年1月徐迟引发热议的《现代化与现代派》，到1982年8月回应《现代小说技巧初探》的李陀、刘心武"风筝通信"而点燃导火索。如果说支持"现代派"的一方在1982年8月前集结成阵的话，那么反对"现代派"的一方，以《文艺报》为代表在1982年9月开始密集出击。批评家的争议战火未熄，作家们的文学实验随之开始，王蒙的"意识流"模仿之作《春之声》发表后，引发对"伪现代派"的争论，直到"寻根文学"、先锋小说、新潮诗群出现后，现代派文学正式在中国大陆占据了主流。

当北京、上海爆发现代派论争时，长治的作家们由于信息的滞后，还沉浸于伤痕、反思改革等文学思潮中。但很快，一批创作者在"现代派"文学的影响下，开始尝试新的叙述方式。然而要注意的是，他们的现代主义小说，并没有凸显后来先锋小说那种忽视现实生活，将文学视为技巧的倾向，这与小城的农业社会特征有关，同时也是小城处于文学边缘，缺乏突破性的表现。比如在"寻根文学"的影响下，长治作家们将笔触伸向熟悉的农村生活，结合地方风土人情，对"人性恶"和腐朽的传统文化进行批判。例如，在任和平的短篇"僻壤系列"《远星》《古道》，王建和的《这些人，难说》《人主》等作品中，很容易看到类似韩少功、郑义对传统文化愚昧迷信一面的细致描写；寻根文学引发的地域文学热潮也影响了长治作家们，回族作家马兰的小说，着意于挖掘上党地区的民族和地域文学；赵巾又的"常家湾"系列则有意将小说人物串联进类似贾平凹"商州系列"、汪曾祺"北京胡同人物系列"的生活圈中。1985年之后大陆先锋小说在福克纳、马尔克斯、博尔赫斯的影响下，讲究叙事艺术和语句的诗意化，相应地，在长治这一时期较有成就的中、长篇小说中，郭俊明《圆形猎枪》中的欧化句式和诗意化叙述，焦保红《护身符》、杨吉玲《山魂》、魏庆林《爷们的故事》、马书歧《棋侠》等作品"粗犷""宣泄"的叙事风格，石国平《花开无序》冷静克制的电影化叙述，都能看到莫言《红高粱》及余华、苏童城市小说的叙述语气和腔调。

此外，还有戏说潮的影响，比如魏庆林的《戏情二题》；新写实主义小说的影响，比如张玉堂的《办公室里的故事》；新派武侠小说的影响，比如马兰的《风雨回回情》；女性文学的影响，比如杨吉林、梁书香的女性命运小说；等等。当然也并非都是亦步亦趋的模仿，郭俊明《光与葬》《朝霞，晚霞》写于80年代末，本是滞后的改革小说，有柯云路改革小说的影子，但其对官场、企业的暧昧描述，对中国改革现状的真实刻画，却成为90年代的"新现实主义"小说的先行者。

总的来讲，在摆脱政治意识形态的影响后，长治当代文学呈现较为繁荣的局面。然而不可否认的是，大多数作家仍是当时中国文学潮流更迭的追随者，鲜有像西安、北京、上海、武汉那样鲜明的地域文学开拓者，长治当代文学仍然是中国文学潮流的镜像。刘潞生先生也承认，"这是一个颇值得研究的问题，长治文学可以说是一个跟进的文学，而不是一个开拓的文学"①。这固然与经济发展落后、人才流失严重的状况有关，但也与长治地域文化特色不够鲜明有关。

三　突围：长治当代文学的"特质"

刘潞生先生并未满足于对长治当代文学的"记忆"铺陈，对于地方文学与政治意识形态，与中国整体文学的互文性关系，他有着清醒的认识，并试图在一种学院式的文学史书写中，找到突破口，彰显建构地方文学史的价值。

在本书的后记中，作者引用《文艺报》的文章《文学的地域性写作价值几何》来说明建构地域文学特色的重要性，"只要一个地方有自己的文学符号，有自己的文学形象作为文化的代言人，那么这个地方的文化清晰度就会增强，就容易指认，就不至于面目模糊，就不会在所谓的全球一体化的大潮中轻易淹没。"② 因此，刘潞生在序言中就指认了长治地域文化的标志性元素，即上党文化的"两大传统"：一是北方民族、民间农业文化传统；二是共产党领导下的革命根据地红色文化传统。这两大传统又可铺展为"八大系列"：一是山川风光雄伟多姿；二是史前神话绚丽夺目；三是古建遗址珍奇瑰丽；四是历史名人灿若星斗；五是民风民俗古朴淳厚；六是民间音舞粗犷精美；七是物产丰富名传天下；八是红色文化如潮如涌。在此基础上形成的"阳刚""隽秀"则为长治地域文学的特质和"文脉"。③

然而无可否认的是，上党地区历史悠久的精英文化传统，在动荡的20世纪初即已破败飘零，即使文化底蕴已融入血脉，在一个较短时期的文学中也难以彰显。纵观20世纪的上党地区，长久留存的文艺形式，主要是所谓的"民间文化"，即以上党梆子、上党落子、襄垣秧歌、武

---

① 刘潞生：《长治当代文学记忆》，光明日报出版社2013年版，第38页。
② 梁凤莲：《文学的地域性写作价值几何》，《文艺报》，2009年第11期。
③ 刘潞生：《长治当代文学记忆》，光明日报出版社2013年版，第12页。

乡秧歌、潞安大鼓等为代表的曲艺、戏曲，这些农耕文明时期的文艺形式与新中国成立后，特别是改革开放以来的城市文化格格不入。缺乏商业文明，封闭落后，人口流动停滞，正是长治地区文学"只能跟进而不能开拓"的重要原因。

尽管出于上党文化的责任感和使命感，刘潞生先生在开篇就提出了上党文化的特质，但难能可贵的是，他并未局限于以"两大传统"为纲来书写长治当代文学史，而是以毫无偏见的格局和视野，充分挖掘了每一位作者的潜在特色，从而使得作为个体的作家的主体性，并没有淹没在政治意识形态和文学大潮的洪流中，并未完全成为缺少歧路的镜像式书写，而是充分释放出个体在历史进程之中的能动性以及地方文学史本身的丰富性和多样性，同时也体现了著者自身对走向主流文学史"这一似乎不可抗拒的历史大潮的质询与抵抗，本书对主流文学史的突围"就在于此。

近些年来，在日益强调"微观，异质、多元"的后现代学术情境之下，试图将文学的过去叙述成一个理论统领、起承转合的故事的文学史，其方法与前提皆饱受质疑，刘潞生先生在长治地方文学史的写作中并未陷入这种僵硬的体系。从本书的作家作品叙述中可以看出，长治地区虽然在国内引起关注的作家不多，但其自身的丰富性不可忽视，宏观上看无法避免镜像式存在，但微观上却显示出某种独特性。如果非要以"特质"来描述它，我觉得有以下几点似未被重视。

第一是赵树理的影响。赵树理的影响不在于"山药蛋派"的叙述语气，而在于一种平民式的正义感。在土改、"大跃进"、人民公社以及"文革"中，赵树理在服从大局的前提下，对"极左"政策和权威保持了一种平民式的质疑精神，即从事实出发，不唱高调，不撒谎，表现出坚定的党性品格。这种忠诚、朴实与质疑，正是上党地区传统文化的底蕴所在。刘潞生在对长治地区一些作家的描述中，也反复提出过这种品质，比如回族作家马兰、长钢和潞矿作家群等。

第二是一种消极的幽默感。这种幽默不同于老舍笔下的北京市民的通透，也不同于东北人的辛辣，而是一种浸透对生活的无奈，却又对唱高调嗤之以鼻的讽刺。这种心理特征来源于交通不便信息闭塞的地理环境的影响，比如赵巾又、魏庆林的小说，段爱民的散文，等等。

　　第三是一种逃离感。这是21世纪以来城市中心化的发展结果，小城镇的人渴望诗与远方，却又对长期的平静生活难以割舍。这一点并非长治地区独有，远的如加拿大作家门罗的"逃离家庭"主题小说，近的如贾樟柯的"汾阳生活"电影，但长治作家的逃离感显得不那么决绝，更加犹豫。此中缘由，更多是因为作家大都是体制内的专业或业余作家，逃离主要表现为一种精神上的游离，对大城市的向往，而并非生活所迫；而且体制内的安逸也稀释了这类题材所需要的孤独感。典型的代表如张佳惠的诗歌以及梁书香的小说。

　　文学史不仅是文学发展的记录，还肩负再造文明的重任；文学史也不是为了简单传承某种传统文化，而是包含文明冲突、政治意识形态塑造的历史建构。从胡适、陈独秀那一代人开始建立的中国文学史叙述模式，就是因为始终伴随着强烈的当代意识，才打破旧传统，延续到今天。总体来讲，刘潞生先生总结的"两大传统"无疑是长治当代文学的文化渊源，但在这两大传统的滋养下产生的文学却并非简单的几个词语所能总结。21世纪以来，随着交通的日益便利，信息社会的全面建成，长治地区过去由于地理上的原因所导致的文化闭塞现象已经极大改观，旧传统在新的环境下必定会产生新的"特质"，这一点在作者对于21世纪以来长治文学的论述中已经看到端倪。可以预计，刘潞生先生以深厚的乡愁写就的这部史无前例的地方文学史，必将以翔实的记录和客观的描述，为长治文化的重塑奠定坚实的基础，在长治文化发展史上留下浓墨重彩的一笔。

聂尔 本名聂利民，现任《太行文学》主编，晋城市作家协会主席。出版有散文集《隐居者的收藏》《最后一班地铁》《路上的春天》，作品散见于《小说选刊》《散文》《中华散文》《南方文坛》《人文随笔》《文景》《山西文学》《黄河》等刊物。先后获得过全国首届青年电影评论征文一等奖和山西作协黄河文学评论特别奖。

时代变迁中的小人物
——评聂尔《最后一班地铁》

申莉莉

一 聂尔及其时代

聂尔的散文语言有着穿透现实的力量，他发现了残酷的现实也发现了那些幽暗而又美丽的风景，他善于在波澜不惊的表面发现动魄惊心的美，通过这种美来唤醒沉默者的人性尊严。聂尔不仅有着自己的写作，还有着清晰的自觉认识，有着独特的写作哲学。他的写作昭示着时代赋予的责任，在《最后一班地铁》中展示了80年代变革中的中国，在散文中打上了深深的时代烙印。同时在他的散文中用细腻而又绵密的手法，流露着对80年代之前的真挚回忆。

聂尔笔下的80年代，是新旧思想观念不断冲突和交锋的时代。"文革"一代的守旧保守与青年一代开放自由的交锋。在读书学习的问题上，聂尔的父亲认为读书适可而止，不需要太多的知识；他的母亲、奶奶则更为直接，用读书人不会有好下场来告诫聂尔。但对于聂尔来说，手执书本是一种姿态，拥有知识是中国青年的至高福音。对于工作而言，"母亲"让"我"只能在做裁缝和去医院之间做一个选择，而"我"则是两次参加了高考，以此来表示"我"对高等教育的向往。在生活中，"我"只能像一只蚂蚁似地待在家中，处于奶奶的监视之下，受着传统家庭中母亲的责骂和父亲恐怖的黑脸，于是"我"在姐姐的感召下，向往着自由和远方。又如"八十年代的最后，长治街头的黄昏，青春狂想曲的休止符"①。青春的理想与臆想在新思想的冲击下变得脆弱易折，终成为过去时。新旧思想观念的交锋在散文中浅尝辄止地流露出来，也成为那个时代思想碰撞的缩影。

聂尔笔下的 80 年代，自由主义的夏风吹走了道德主义的严冬。80 年代前的十年中国正经历残酷的"文革"，封建思想借尸还魂、思想道德受到把控、民族主义倾向盛极一时。而 80 年代，开始了思想解放、真理标准的探索。在《日常生活中谈论战争》中，老贾对美伊战争的评判，从坚决反对到不可理解。六十多岁的前生产队长不再把民族主义者的语录当成护身符，而学会了批评政府。这样的改变是思想解放，群众敢于思考的结果。这也是自由主义吹走道德主义的结果。同时，聂尔也在反思这个时代下的自由主义。在《春天的思绪》中，街头的"小姐"被写成了内心和外表相一致的人，而美艳教师则成为背离道德、内外不一的"明白人"。"小姐"的赤裸率真让她们敢于为自己的生活努力，让她们能够俯瞰天空之下的莺飞草长。而美艳的教师，脱离了"人类灵魂的工程师"，成为时代的燕子，根据季节的变化，飞离老树而去（老树是指美艳老师垂垂老矣的前夫）。这样的自由主义，是时代变迁下的产物，让聂尔与他的同伴陷入深思中。以至于在《春天里的思绪》中用"我们所迷恋和想望的春天正是这般的虚无"来昭示自己灵魂内心深处的孤独。

聂尔笔下的 80 年代，是个体理想被宏大叙事掩埋的时代。80 年代初期的中国，沉浸在拨乱反正与思想解放的宏大叙事中，高考的恢复让青年备受鼓舞、实事求是的思想重新被定义、"文革"的冤屈逐渐被昭雪、多极化趋势拓展人们的视野……但在这样喜气洋洋的时代，那些没有被纳入宏伟叙事模式的个体却失去了分享社会公正的资格，他们的个体理想只能被掩埋。聂尔两次作为高考状元，但还是未能进入理想大学，享受知识的熏陶。只能托关系来到晋东南师专，他用逃课的方式对抗这样不公平的待遇，这也成为在这样时代下心灵被伤害的切实例证。

---

① 聂尔：《最后一班地铁》，花城出版社 2009 年版，第 97 页。

在写到老G时，老G用笨鸟先飞的姿态，脚踏实地地为成为一名优秀的中学教师奋斗，但出人意料的是，老G最终却被生活驯服，成为无所事事的职业中学教师。老G的驯服，再次印证了个体理想的掩埋。再有聂尔的朋友W，从大有前途的研究生到成为一名股票经纪人；J从臆想成为凡·高式的画家却无奈到下海经商……这些无一不成为聂尔反思这个时代的烙印。

聂尔笔下的80年代，从底层的小人物入手，用小人物的命运来彰显这个时代。在他笔下展现的，更多的是在宏伟时代下留有伤痕的小人物。在这样的伤痕下，聂尔通过自己的观察为这样的创伤开出了治愈的良方。在写到聋哑人的道德观时，给予了他们充分的肯定。聂尔将他们比作是天生的画家和摄影家，赞赏他们能够迅速地把握住事物的本质，找到虚无缥缈的逻辑。聂尔将聋哑人最质朴的精神力量，即诚实、善良，与追求金钱的社会形成鲜明的对照。于是在聂尔笔下，聋哑人成为时代的尖兵、沉默的道德家、社会的肾脏。在时代的最强音之下，聋哑人也就成为治愈时代伤痕的良方。

在《最后一班地铁》中，他以时代为背景，展开了对普通人生存可能性的探寻，聆听在这个时代下人物自身命运的回声。他通过对小人物的观察和谈话走进他们的世界，像匠人一样雕镂小人物在时代变化中的点点滴滴，描绘了一个又一个小人物内心的褶皱。通过这些褶皱的变化更能让读者体会时代的变化，更能让读者细细体悟80年代的精神产物。正如作家刘剑所说，"聂尔，思索着他的年代，在精神上延续着他的年代，同时也在写作中反思和超越了他的年代。"[①]

二 小人物群像

80年代中国，东方与西方、传统与现代、变革与保守、边缘与主流、开放和封闭、资本逻辑与文化传统，相互利用、相互冲突、相互融合。在这样的时代下，很多普通而又平凡的人很容易被人忽视，但是，

---

① 刘剑：《对存在的谛听——聂尔与他的〈路上春天〉》，《自由评论·当代文坛》2012年第6期，第23页。

聂尔却发现了他们。在《最后一班地铁》中聂尔感受着这些被遗忘的、无法为自己发声的小人物，这些小人物一般都来自社会底层，平凡而没有背景，在时代强音的淹没下，聂尔为他们做桨。在这本散文中，聂尔分别从自己的家族亲属、同学师友和自己的底层记忆入手，以粗线条的勾勒和细腻而绵密的笔墨，向我们展现了在大时代下，小人物自身的理想价值追求以及聂尔对于人性尊严的维护和人的理想命运的表达。

（一）家族亲属

在写到自己的家族亲属时，聂尔以参与者的身份积极感受着人性尊严的变化。从他的笔下感知亲人们对于命运理想的诉求与渴望，他用思想呵护也击打着他的家族亲属们，而他们也在他的思想中被激活。

在写到"我"的小姨夫时，聂尔在每次的群体活动中总是会牵挂那个沉默的人，因为他是一个需要被牵挂的人。在他得了脑溢血后成为一个完全沉默的人。对于这一变化，聂尔用他的感受以及他的思想，给出更加适合小姨夫的理由。"一个沉默的人也就成了一个安全的人，因为他放弃了对社会和他人的索取，人们于是也就不必再对他们加以提防和应付。""我的小姨夫一定是在大病之后，看清楚了一切，于是他不再说话了，因为原来那个逻辑的世界消失了，出现在他眼前的是一个完全陌生化的世界，越出了他的逻辑世界之外，于是他只好待在外面张望。"[①] 在聂尔笔下小姨夫沉默的变化，其实展现了作为普通人在面对逻辑混乱时，沉默变成唯一的对抗。就像村会计、村支书满口冠冕堂皇的虚假真理；还有他的妻子，也就是"我"的小姨更关心城里当官的亲戚们而忽视对他的牵挂……他在潜意识里凭借着他的慧眼，认识了现实，于是他明白了，他所不能接受的就是不争论、不捍卫真理、容忍逻辑混乱，因此他只能走向了沉默之门。对小姨夫的沉默，聂尔将他比作一只受伤的鸟，掉落在陌生的境遇里。这样一只鸟，不知道如何对抗，如何为自己发声，如何维护自己的尊严，于是变得完全沉默。

在写到"我"的父亲时，以严肃、庄重、个人集权为代名词，同

[①] 聂尔：《最后一班地铁》，花城出版社2009年版，第29页。

时也伴随着父亲的忠诚和耿直。在给父亲的祭文中写到了中国现代史上的北伐战争，还有世纪末的商品经济狂潮，使父亲的身世融入了历史的变迁中。聂尔还写到父亲如何从一个农民成长为一个部长、一个有出息的人。聂尔对父亲辉煌人生的叙述，正是解释了父亲那一代人存在传统君臣父子模式的可能，也为"我"在恋爱的状态中被父亲突然宣布的终止提供了合适的理由，即父亲的威权不容侵犯。然而父亲也在变化着，他被命退休，权力散失，领导的威严被一层层地打折扣。终于他成为孤独的王，明白了其受到的尊重是附着于他的权力之上的。接着面对疾病便现出了普通人对死亡的恐惧。"我父亲对与他面对面的死神的脸都不正眼瞧一下，就断然说根本没有那张脸。"[1] 其实死神是任何人都害怕见到的。经过变故，父亲变了，不再威严、不再集权，变得天真、与世无争。不再鄙夷任何人，平等地相处，变得安详。在父亲走之前，忘记了五十多年的意识形态，剩下的唯有对欲望的追求，对现实的考量。最终，回归人的本性，回归了对欲望的追求。其实人本是如此，对于欲望的追求才是每个人之所以为人的本性。

在写到"我"的奶奶时，聂尔怀着深深的祝福，愿她在时间里安息。在"我"与姐姐谈起奶奶之前，奶奶成为最久远和最质朴的生活方式的象征，她没有错误和缺点，她的勤劳达到人所能达到的极致，她隐忍又宽容，她把别人的生活当作是自己的，她把忧伤的人生看得很透，但却从未丧失过生命的信念，能够临危不惧，能够理解和承受一切苦难。这是"我"对奶奶纯粹的善的评价。在与姐姐谈完奶奶之后，她成为一个正常人，一个摒除了邪恶的善良的人，她变得不能够临危不惧，不能够承受一切，在灾难来临之际还是会恐惧、会绝望、会被击垮。前后的转变让聂尔认识到"我们对人的认识的偏差几乎无时无刻不在蒙着我们的双眼，主宰着我们的想象，使我们把具体的人理解成了抽象的人"[2]，正是这样的转变，使我们看到了作为普通人的奶奶身上的不完美，留有缺憾，但是这样的不完美却恰恰是普通人真实的写照，就如"尺之木必

---

[1] 聂尔：《最后一班地铁》，花城出版社 2009 年版，第 22 页。
[2] 同上书，第 16 页。

有节，寸之玉必有瑕"①，留有缺憾的善成为奶奶一生的标签。

在写到"我"的姐姐时，"我"对姐姐的生活充满羡慕，从在外地上初中到高中，最后到长治的轴承厂上班，这样的轨迹很少有家里限制的痕迹，不像"我"只能像一只蚂蚁一样在窝边爬行。于是在姐姐的感召之下，"我"开始悄悄地向往着自由和远方。随着姐姐的恋爱、结婚，"我"认识了姐夫。姐夫给家人的最初印象，也就是家里同意结婚的理由是："一个吃过苦的人绝不会是一个坏人（这里隐含着阶级观念），一个虐待者当然在日后的生活中会受姐姐的支配"②。但是在日后的时间中印证了这样想法的错误，后来姐姐的说话越来越像姐夫。原因在于，他是一个我行我素的人，任何人都别想以任何方式影响他，他的性格如一道坚固的墙壁，任何语言都无法穿透。在写到姐夫一辈子受到疾病的折磨时，聂尔为这样一个普通的人感到忧伤，我们应该和他们共同感受生命的软弱无能。在见到姐姐的孩子时，对于新的生命，敬畏之心油然而生，新生的婴儿正在努力地哭喊，聂尔站在人堆里，独自心潮澎湃，感受着生命的可贵。在聂尔笔下的姐姐，彰显了"我"对于自由和远方的渴望，渴望突破家庭的束缚，回到人本该有的自由。在聂尔笔下的姐夫，昭示着人对于自己的支配完全取决于自身，取决于人的意志，但对于生命，作为人虽然渺小，仍然需要被尊重。

（二）同学师友

在聂尔笔下的同学师友，通过对他们苦闷的精神世界观的展现，揭露了人与人之间巨大的灵魂裂痕，从而表现出在时代变迁下中国人的精神危机，即对人性尊严的践踏和对理想命运的遗失。同时，聂尔以富有张力的语言，叙述着人们为了改变命运的激情冲动，叙述着由于命运的捉弄和机遇的悖谬阻碍了他们通过正常途径来实现人生价值的目的。

在《与宋海智博士的对话》中，让"我"意识到海外华人他们大概会终身不忘故土之情，但他们下一代的传人将不知道祖国在何方，以

---

① 吕不韦：《吕氏春秋·离俗览·举难》，中华书局2009年版，第87页。
② 聂尔：《最后一班地铁》，花城出版社2009年版，第34页。

至于生养他们的土地和人民对他们并不充分了解,而他们自己也可能会在思想和感情上变得逐渐淡漠起来。这样的变化犹如母子分离,这样的分离,让充斥了中国近现代几百年的爱国主义情怀逐渐流失,对故土的依恋逐渐消解。提到在日本打工的中国人时,他们的表现有:成立了黑帮组织、偷盗、诈骗、抢劫等,而且加害的对象往往是自己的同胞。这样的事实让聂尔这个成长于纯真、善良、简朴环境下的小市民无言以对,心中一片茫然。

在写到李荣昌时,以不停地打官司来展现他在面对诸多障碍时的坚强意志,同时也表现了他在生活中的忧郁、苦涩。"厂子已经没有了,但还有市委派去的清理组管一切善后事宜,这事他们不能不管","他在等重复鉴定的结果,已经等了两年了","他通过自己的研究,尽其所能地理解国家政策,而且一经理解便不再违反"[1],这样的行动把李荣昌的战斗式的坚强意志表现得淋漓尽致,"在面对强大的国家机器时,他丝毫没有垮掉的迹象,他依旧那么的高大而坚强"[2],这是聂尔对李荣昌诚挚的赞誉。但是这样的战斗总是胜少败多,在生活上经济的拮据、夫妻的离婚、出租摩的的不顺、购买房子的曲折让他满身伤痕,无处诉苦,这样的现实犹如命运的捉弄,让他几近于无路可走。

在写到老G的时候,提到他为改变命运而做的艰苦奋斗。上师专时他省吃俭用,在假期还打临工,到了毕业前夕,他终于用攒下的钱买一条新裤子和几本世界文学名著。在同学聚会上,老G对工作的调动不仅没有绝望,他反而始终对人事厅之类的机构保持着很大的希望,甚至他对于人事厅的希望远比对他自己所报的希望大。在毕业分配后的工作中老G一度成为他所在学校的重要人物,那是因为他充分发挥了自己的才能,教学取得了很好的成绩。这样的奋斗成为老G前半生的光芒。但在后来,因机遇的悖谬,老G在多年之后还是走上了其父亲的老路。工作调动的渺茫、摩托车被扣、被学生暴打、调往乡村学校、被婚姻生活的驯服……人逐渐走上下坡路,变得逆来顺受,最终对我发表

---

[1] 聂尔:《最后一班地铁》,花城出版社2009年版,第106页。
[2] 同上。

了他的"四十岁人生终结论"。面对老G，聂尔看到命运的捉弄，压垮普通人的生活，压垮年轻时的艰苦奋斗。聂尔用老G无奈的笑来表达对老G深深的同情，同时用阳光下低矮的背影来展现聂尔对老G遭遇的忧伤。

三　对底层人物的关怀

在时代变迁的大背景下，越来越多的人徘徊于现实的繁华与理想的梦境之中，对人最本质的精神、对生命的思考逐渐淡化。《最后一班地铁》以其特有的人文式关怀和思考，深入底层小人物的内心，沉入对人物命运的书写，走进了一种更深刻的人道主义。

（一）维护人性的尊严

在生活中每一个人都是自主、自觉的独立个体，都是具体存在并且具有意义的生命。每个人均有维护自己尊严的权利，每一个人在社会中，均有一定的社会价值，每个人都有权主张自己应受到充分尊重。在《最后一班地铁》中，对生命的尊重、自己尊严的维护俯拾皆是。

在聂尔的散文中，在对待父亲的境遇时，允许做为人对于欲望的追求；在提到奶奶时，对奶奶对于死亡的恐惧表示理解，并回归于留有缺憾的完美；在谈及姐姐、姐夫时，表达着对生命的渴望、尊重；在与宋海智博士的对话中，理解海外华人的选择，同时流露出对他们社会价值即爱国主义情怀的隐忧；在说到老G、小b时，尊重他们对于生活的选择，尊重他们对于自己尊严的维护。这些被边缘化的小人物，在散文中各成一个个体，每个人的路都各有差异，就像父亲，从王到孤独的王；像小b，从集体中出来却再难以回去；像姐夫，一生作为一个纯粹的病人，只能感受生命的软弱无能；像写到街头的"小姐"时，欣赏她们自由之风的率真……聂尔对于她们的人性没有过多的评判，作为一个观察者、聆听者，体验、发现着她们的人性，这其实就对这些小人物最质朴的人性的尊重。

同时，聂尔也希望社会能够多一些对人性的关怀，就像在《人是泥捏的》中老妇人说的"人是泥捏的"这样无可辩驳的人生观的推崇。"我一直怀疑那些衣冠楚楚之辈,我对流行衣对自己的包裹始终感到一种窘迫,我强烈反对所有莫名其妙的傲慢,我对统治者的心安理得感到很不理解,我认为良心是卑贱的人确实是泥捏的"①,这是聂尔对老妇人人生观的领悟,维护个体的差异,尊重人性的选择。

(二) 人的理想命运

人的理想命运是什么?聂尔在《最后一班地铁》中给出了答案,即命运在破碎世界的流浪中,承受着命定的欠然,体验着存在的偶然。"在我二十岁以前或许还曾经抱怨过命运的不公,但二十岁以后,我对命运已经是那样的虔诚和热爱,这使我甚至产生了一种挚爱的强烈愿望,我觉得此时此刻的我,已经降生和已经成长的我,被命运选中和命运接纳的我,没有什么可愧悔的"②,这是聂尔对于自己命运的理解,能够淡然地看待,能够以体验的态度感受命运给予他的馈赠。

在聂尔的散文中,所有人的命运都呈现出本然的、原生态的一面,无论是自己的家族亲属,还是自己的同学师友,在他们故事的尽头,一眼就能望到命运的颓败和苍凉。"我"怀疑自己将一个满怀希望的人写成了一个无路可走的人,这是聂尔对李荣昌命运的感叹,充满希望但又无路可走。"他弯腰坐在床沿上,仿佛被他妻子的嗓门压低到尘埃里,一副承认挫折逆来顺受的样子"③,这是写到老G时的语句,老G的命运逐渐在对生活的驯顺中不断地流浪。"我"相信,小b病是因为恐惧以及因恐惧所引起的过度羞怯所致,面对小b只有"我"对他的精神病有着理性的对待,小b真的陷入了难以重回集体的困境,这样的困境承受着命运的必然。

作为一种独特的聆听和发声方式,聂尔用作家的本能回应,书写了小人物的庸常命运。因为"他们"无一例外地走进了"我"的生活,

---

① 聂尔:《最后一班地铁》,花城出版社2009年版,第159页。
② 同上书,第119页。
③ 同上书,第117页。

为"我"所见。那么聂尔对于这些小人物的书写彰显出更为深刻的人文主义式的关怀，就是对人的理想命运的坦然面对。

结 语

《最后一班地铁》给人以沉重的心情，在 80 年代这样一个以改革为时代最强音的背景下，依然有着被边缘化的群体。普通人在市场与计划的夹缝中突围、倔强，聂尔的文字是为这些群体的发声。聂尔聆听了他们的命运，体验着他们的命运，并感悟着这群人对于人性的追求。在变革的时代下，人性的尊严被渐隐式地践踏，以至于"当八十年代最后一个春天以我未见过的热烈，以我有限生命所能看到的最为绚丽的色彩怒放到那年夏天的初始，并最终被时代之手轻轻掐灭的时候，就是年代的酷暑寒冬正式来临，八十年代'哗啦'一声坍塌成了记忆中的废墟[①]。"这是聂尔对于 80 年代人们纯真的诚实、善良的缅怀和不舍。他以温热而又冷静的笔触，引领我们不断发现人性的纯粹之美，带领我们思考命运的偶然存在。

"在鲁迅、史铁生、余华之后，人们担心汉字失去了对人的命运和现实生活思考的能力，而聂尔蛰居于太行一隅，二十年如一日，以其超然而又诚挚的写作，隐忍而执着的态度，凝视着底层的世界。"[②] 他带领我们考究人性与命运，拷问人的本性，将爱、道德伦理、智慧坚强、真诚重新拾起。同时又以温热而冷静的笔触，引领我们不断发现在变迁的时代中永恒生命的真谛。《最后一班地铁》让我们邂逅着聂尔的心灵，他时时刻刻用自己的思索探测人性的尊严和人的理想命运，指引着人们关注庸常的小人物、倾听他们的诉说、感受生命的个体、以理性的力量剖析他们的精神，展现人性的纯粹。

---

① 聂尔：《最后一班地铁》，花城出版社 2009 年版，第 98 页。
② 刘剑：《对存在的谛听——聂尔与他的〈路上春天〉》，《自由评论·当代文坛》2012 年第 6 期，第 23 页。

参考文献：

［俄］娜杰日达·普图什金娜：《时代变革中的小人物》，《戏剧（中央戏剧学院学报）》2016年第3期。

赵勇：《创伤、智性、诗性——读〈最后一班地铁〉》，《博览群书》2009年第2期。

惠继东：《底层的人们：19世纪俄罗斯文学中的小人物》，《宁夏师范学院学报》2010年第5期。

侯春姿：《浅析鬼子小说里的平民命运和底层关怀》，《安徽文学（下半月）》2008年第4期。

胡磊：《从狄更斯笔下的儿童形象看其人道主义思想》，《楚雄师范学院学报》2005年第5期。

聂尔：《最后一班地铁》，花城出版社2009年版。

许相全、粟康婷：《姚金成笔下的底层人物分析》，《许昌学院学报》2016年第4期。

赵勇：《在散文时代里诗意地思考——聂尔其人其作》，《文艺争鸣》2003年第3期。

王缙苓：《欧·亨利短篇小说中的小人物形象解析》，《西南农业大学学报》2011年第2期。

刘剑：《对存在的谛听——聂尔与他的〈路上春天〉》，《自由评论·当代文坛》2012年第6期。

索鹏祥 山西省作家协会会员，中国散文学会会员，中国赵树理研究会常务理事，长治市作家协会副秘书长。出版了散文集《多雪的春天》《陶然庄散叶》《夕照烟雨》，长篇小说《我是农民》《裸奔的乡村》，以及诗集《我有迷魂召不得》，等等。

充溢着醇厚温情的乡土叙事
——评索鹏祥的长篇小说《我是农民》

杨根红

自鲁迅开创乡土小说以来，对农民、农业、农村的言说历经近一个世纪，已经形成了一个文学叙事的传统。对"三农"问题的言说无论是持启蒙视角、革命理想话语、新历史主义标尺，还是世俗立场，都在某种程度上表明了中国作家的乡土人文关怀。在这一流淌不息的乡土叙事的长河中，赵树理的乡土文本无疑是一朵美丽的浪花。其本土、本真、本色的乡土叙事及所具的现代性意识，使其文本历久弥新，仍旧散发着震撼人心的艺术魅力。毋庸置疑，这是留给长治作家们的一笔宝贵的精神财富。索鹏祥是长治本地人，从可资借鉴的文学资源上来说，可谓得天独厚，由此当我们读其小说《我是农民》的时候，好似赵树理曾经提出的关于农村基层政权队伍不纯及农民尴尬的生存境遇等具有乡村叙事原型意义的问题又浮现在我们面前。时代毕竟不同了，然而当我们看到索鹏祥笔下的宝珠、杜马、二丑等人物依旧需要面对赵树理笔下的农民曾经遭遇的境况时，这不能不引起我们的深思。真正经营一部纯而又纯的乡土叙事，需要一定的文学修养，更需要胆识、魄力及厚重的乡土人文情怀。我认为索鹏祥就是这样一位对农民怀有朴素与真挚的情感的乡土作家。

索鹏祥的《我是农民》这部小说试图以史诗性的框架勾勒出一个闭塞、落后、贫穷的农村——姚村的农民自改革开放以来近三十年的命运变迁。其文本章法结构模式与柳青的《创业史》相似，分题叙、正文和尾声三部分。题叙交代了姚村农民在改革开放前两个十年中艰难的生存境遇，尾声昭示了姚村及长养在这块土地上的农民新的历史境遇、精神风貌及未来走向，而将着墨的重点放在正文对姚村农民挣扎于生存与抗争、沉寂与勃发、流浪与回归、坚守与背弃的类似于脱胎换骨的历史精神转型期的命运叙述上。文本辐射的现实生活面非常广阔，农村、城市、厂矿、企业、政府机构、监狱法庭、歌厅、高级饭店作为人物活动的背景，从某种程度上来说是当今中国城乡二元对峙结构画图的缩影。其间无疑彰显出了索鹏祥宏阔的艺术视野、丰沛的生活体验及敏锐的艺术观察力。尤为重要的是，在这一宏阔的现实历史叙事下隐含着作者深邃的理性认知，或许这才是乡土叙事的缘起与旨归。当我们读到文本中所指涉的国家发展与农民利益的矛盾、现代化的都市进一步蚕食农村的现实，为捍卫物质、精神家园农民奋起抗争与被迫流浪于城乡交叉地带的辛酸处境、基层官员腐败并动用国家机器深文周纳、罗列罪名、强行镇压手无寸铁的农民的惨烈场面，我们的灵魂不能不受到强烈的冲击与震撼。掩卷深思，"三农"问题依旧是国家稳定、和谐、可持续发展及现代化转换的迫切问题。读完索鹏祥的小说《我是农民》，我又一次翻阅了陈桂棣、春桃伉俪在 2004 年出版的长篇报告文学《农民调查》，禁不住扼腕长叹，"农民真穷、农村真苦、农业真危险"。索鹏祥在文本中揭示出了当今农村存在的生存困境，这是令人感动和欣慰的，略显不足之处是还没有进一步探索出农村科学、和谐、健康发展的真正出路。还好，作者还没有停止探寻的步伐。能历史具体深刻地叙述出当今农村农民的真实生存境遇，已实属不易，而这一切都源于索鹏祥那颗关爱农民的诚挚的心、胸怀天下的忧患意识和知识分子的悲悯情怀。

　　索鹏祥将其对农民满腔的热情与爱贯注在其笔下宝珠、武二、刘贵生、吴桂兰等人物身上，通过这些人物形象作者表达了对城乡二元结构生存状态的不同的价值评判立场。在作者眼中城市生活匆忙、单调、道德腐化、金钱至上，生活于其间的人精神萎靡、空虚、无聊，而乡村生活宁静、和谐、充实，作者笔下的乡村已具有抱慰现代人精神失据、灵魂躁动的理想精神家园的形而上意义。在这一系列人物形象中，宝珠显得较为丰满和厚实。作者赋予宝珠善良、耿直、坚韧、仗义等传统农民所具有的优良禀赋，同时结合时代特征又赋予其作为社会主义时代新型农民为适应城市生存规则而形塑的诚实、守信、忠诚等性格特征。作品通过宝珠在姚村敢于对抗专制、腐败的村长，专爱打抱不平、拯救正被村长糟蹋的军属潘英，为保护村民与警察周旋，落魄流浪路川市徒手擒拿正被警察通缉的银行盗窃犯，在省政府面前下跪以"青天大老爷"的请愿呼声震撼省长的场面，以知恩图报的人生信条"保卫董事长、保卫总经理"等一系列情节将这个人物的性格特征活脱而又逼真地表现了出来。作者太爱这个人物了，所以在作品中给宝珠安排了一系列奇遇（董事长叶柳母女对其的信任和重用及总经理丁然对他流露出的情愫），甚至是艳遇（妓女潘小兰对他的真情），以至于结尾背离逻辑地让二丑代宝珠失手杀人。过多的爱与悲悯情怀也流露出了作者在诉说农民悲剧命运方面的局限及对作品悲剧审美品格的放逐。不过，宝珠最终放弃了命运的恩宠，始终将姚村军属潘英所具的品性作为自我情感追逐的标尺，返回姚村参加村长候选人的选举，这些都表明了作者对农民出路问题的有效探索及对乡土精神家园的坚守。被逼无奈流落城市边缘地带的宝珠与贾平凹《高兴》中主动选择到城市改变命运的农民刘高兴遭遇不同，但他们都体现出了以社会主义和谐农村新型农民形象为标高对自我综合素质的提升。尤其是他们都有股子"给点阳光就灿烂"的"得意劲"，宝珠为自己看过很多"闲书"而会讲笑话、故事以博他人一粲而荣，也曾将自己祖上人做过朝廷命官的故事常常挂在嘴边，始终将自己的一张"国字脸"作为贵人的症候，以蹲局子而结识派出所的李队而自豪，这虽然未免流露出中国农民灵魂深处的小农意识，甚至狡黠、愚昧，但这种"得意劲"绝不似阿Q精神胜利法般的自轻自贱、荒唐可悲，而是农民在多舛的命运、险恶的境遇、辛酸的生存境遇面前得以自持的凭靠。由此，"得意劲"也就成了农民对抗艰难生存的精神亮点，我们也就不难理解这种"得意劲"如何就能感动了处于精神危机中的警察李队与小丽、记者林林、餐饮业巨富黄老板及叶董事长母女。

文本中其他人物的塑造也较为成功，既形象生动，又寄寓了作者的理性认知。姚村高中生刘贵生这一形象的塑造表征了作者对农村教育水平落后、法律意识的淡薄的忧虑。姚村村民遗孀后来嫁到城市的吴桂兰热情、大度、善良，周身笼罩着圣母般爱的光环，她是人道主义的化身，至于文本中对丁然商贸公司董事长叶柳婚姻遭遇的铺设及她们与宝珠等人的相遇所体现出来的都市白领对农民的情感认同，则仅仅属于索鹏祥在爱的支撑下有关农民命运的美好愿望而已，这也无可厚非。

在叙事立场、姿态、视点上作者与其笔下的农民持一种强烈的情感认同的态度。由此，文本中诸多议论、抒情、心理描写既可以说是索鹏祥的自道，也可以说是其笔下农民的自述。这虽然缺乏叙事美学上应具的作者、叙事者与人物间的间离效果，却也给人一种朴素、厚重的美感享受。略嫌累赘的反复絮叨在朴实的叙事行为的制导下反倒使文本具有了农民式的幽默品格和整体上的反讽效果，那幽默中潜藏的悲苦因子及新旧时代反讽式的整体对照同样让人震撼和深思。美中不足之处在于，虽然文本中的叙事话语有着原汁原味的上党地区方言、土语，但与地域文化相关的风物民情、礼仪庆典、婚丧嫁娶等文化因素的描述相对缺失，当然我们也不能强求任何一位作家在其一部作品中能够做到面面俱到。

在举国上下纪念改革开放四十周年的今天，重读索鹏祥的长篇小说《我是农民》多少会有一些心灵和思想的启迪，这让我们透视当今农民生存境遇提供了一个窗口，也为如何建设社会主义新型农村留存了史料参考价值，同时作者温情的叙事姿态也为当下作家如何以文艺践行社会主义核心价值体系树立了一个标本。在中国的语境中，农民始终是国家的主体，如何科学、合理、有效地解决好"三农问题"依旧是国家实现长治久安、稳定和谐、民主富强的重中之重，我们当下的作家应该关注什么？索鹏祥及其文学作为无疑具有一定的启示意义。

附　　录

为了进一步"深海式"触摸索鹏祥先生散文及小说创作的"潜流"和旨趣，在与索鹏祥先生接触的过程中我们曾深入地交流过他对于自己写作的看法。我与索先生进行了一次庄重而又并不严肃的谈话，索先生眉宇之间洒露出来的那份真诚、认真以及孩童似的天真劲头一并令我肃然起敬。或许，这就是一个"玩"文字的人必不可少的性格基因。因此，也进一步推进到了他的文学世界、道德言说、人性诉求、底层关怀、公知身份以及叙事艺术，将这次访谈的笔记安排在此。

文学艺术是生命的自救

杨根红：自鲁迅开创乡土小说以来，对农民、农业、农村的言说历经近一个世纪，已经形成了一个文学叙事的传统。对"三农"问题的言说无论是持启蒙视角、革命理想话语、新历史主义标尺，还是世俗立场，都在某种程度上表明了中国作家的乡土人文关怀。在这一流淌不息的乡土叙事的长河中，赵树理的乡土文本无疑是一朵美丽的浪花。其本土、本真、本色的乡土叙事及所具的现代性意识，使其文本历久弥新，仍旧散发着震撼人心的艺术魅力。毋庸置疑，这是留给长治作家们的一笔宝贵的精神财富。索鹏祥是长治本地人，从可资借鉴的文学资源上来说，可谓得天独厚，由此当我们读其小说《我是农民》的时候，好似赵树理曾经提出的关于农村基层政权队伍不纯及农民尴尬的生存境遇等具有乡村叙事原型意义的问题又浮现在我们面前。时代毕竟不同了，然而，当我们看到索鹏祥笔下的宝珠、杜马、二丑等人物依旧需要面对赵树理笔下的农民曾经遭遇的境况时，这不能不引起我们的深思。真正经营一部纯而又纯的乡土叙事，需要一定的文学修养，更需要胆识、魄力及厚重的乡土人文情怀。我认为索鹏祥就是这样一位对农民怀有朴素与真挚的情感的乡土作家。

社会生活如长江黄河之水，澎湃汹涌，深邃难测。《我是农民》虽是现实生活与思想理想的激烈冲突，但这不过是掬了其中的几朵浪花，因此，它虽为长篇，但不是一部结构宏大的作品，它像山涧一股不大的溪水，你可以听到它潺潺的流水，也可以看它浪花飞溅：农民是一道风景，农民是一座富矿。宝珠是他们的代表，宝珠是生命的闪光。

因此，读"宝珠"的最大乐趣和享受在情趣！它没有特别的故事情节，却有着令你会心一笑的魅力。宝珠们的精神追求，宝珠们的苦中作乐，宝珠们的坦然和幽默，是可以使你的思想产生很多的触动和感叹的。我比较感兴趣的是你怎样发现、塑造宝珠这个人物的？

索鹏祥：长篇小说《我是农民》的出版，总算放下了我的一桩心事。

粗略地算来，小说中宝珠这个人物，在我的脑海中至少也活了十几年了。从最初的感触，到人物的成形，以至于到后来对他的至情至爱，十几年来，我一直惦念着他，一直想让他有所作为，一直希望他在历史的舞台上能叱咤风云地干出一番大事业。但是，不行。

宝珠是个农民。农民的优秀品格，如勤劳勇敢、幽默乐观，宝珠都有；农民的那些缺点，如目光浅短、急功近利，宝珠身上也都存在。这种情形你没有办法改变。也许在我的思想上，宝珠的学识、经历和性格太受真人真事的局限，或者纯粹是因为我的思想的愚钝和不敏感，十几年间，我曾费尽苦心地去摆布过他，却怎么也不能遂我的心愿。总是与时代的脚步慢半拍，这使我感到无限的苦恼。但我却从没有对他失掉过信心，随着时代的推进，我却愈加喜爱和惦念他们了。

我的祖上世代为农。对于农民，我似乎比别人有着更多的同情和敬重。从我父辈的言行中，我深深感到，农民对于土地，有一种刻骨铭心的依赖。在骨子里，他们似乎一天也离不开它——这是他们的执着，也是他们的局限和悲哀。

然而，在目前快速工业化和城市化的过程中，农民赖以生存的土地却被大量地占用，虽然国家规定了农民承包土地30年不变，也推出了《土地承包法》，但农民所用的土地却不能完全进入市场，全国大部分农业土地的流转和变为商业工业用地，是在各级政府和村集体主持下进行的，这就使得土地在集体流转过程中，农民的很多利益被剥夺、被侵占。

国家建设和农民生存利益的矛盾，私人投资与官员腐败等矛盾交织在一起，使得失地农民的境况已经成为一个严重的社会问题。身处深山的宝珠，也因小水电的建设，面临着失地的危险——宝珠必须为他们的生存而斗争了。

是死？是活？这是个问题。

——我想，我的宝珠们该带着他们的学识、经历，带着他们的性情和胆识，一一登场了。

我知道，我没有能力和才华把这种社会矛盾置于宏大的历史悖论中，进行富有震撼力的展示——借勺水以兴洪波，这需要大手笔。但我知道，允许苦难有出声的机会，是一切真理存在的前提。

纵然是农民，纵然他们的身上带有很多的缺点和历史局限，但我的宝珠们，他们对他们的时代，对他们的社会是尽心尽力的。他们也许没有从他们的时代得到些什么，但这个时代却因为他们的存在而美好，而亮丽，而惊心动魄！

中国农民是一个有点做戏气质的群体，稍有得意，一举一动就要装模作样，而且总想在别人面前撑足自己的面子或场面。这就使得他们的行为充满了一种诗意的幽默和令人会心一笑的感动。

于是，从2005年3月到8月，在那间只有9平方米的楼顶小屋里，我和我的宝珠们一起度过了一段难忘的时光！这就有了小说《我是农民》。

这是一场笑与泪偕的土地乐章！

这是一部失地农民抗争与奋斗的历史画卷！

这是一曲新农村建设奠基的赞歌！

杨根红：你是一直生活在城市的。据我所知，你先是教书、后做校长，再后来进了企业做教育科长，还担任企业的机关党支部书记，你没有多少机会接近农村、接触农民，何以对农村的故事、农村的人物如此熟悉？

索鹏祥：按理说，我在城市生活了40多年，但我最熟悉的生活和人物还是农村和农民。究其原因，一是我在学生时代大量阅读的书籍中赵树理以及孙犁的作品占了相当多的篇幅，他们的作品中的人物，如二诸葛、三仙姑、李有才、福贵、小二黑以及那些小字辈的人物，给我留下了极其深刻的印象。赵树理用他那支简洁明快而又朴素幽默的笔触，生动形象地书写了我国民主革命时期解放区农村的新生活、新气象，表现了新一代农民的觉醒和成长，而作品中彰显出的幽默风趣的语言风格，以及他在人物塑造、情节安排等方面表现出的与众不同的浓郁的民族风味，曾给了我年轻的心灵极大的震动，至今言犹在耳。二是我的父辈们又都生活在农村，他们的喜怒哀乐成了我最关注的东西。好多年间，他们的忧愁快乐，我都能在赵树理的作品中找到相应的情景、情节，说一句真心话，赵树理的作品中流露出来的那种沁人心扉的意韵，曾不止一次地温暖过我的那颗苍凉而又奔放的心。

然而，改革开放以来，尤其是随着马峰、西戎等领军人物的陆续谢世，赵树理独创的"山药蛋"艺术流派，也逐渐地淡出了人们的视野，人民群众喜闻乐见的文学风格，也被此起彼伏的所谓各种新潮、新探索、新理论掩饰、冲击、撕扯得没有了踪影，加之互联网的出现，人们远离文学和书籍，尤其远离了苦难、沉重和责任，努力寻求着一种感官的愉快和刺激，这就使得纯正严肃的文学成了人们不待见的灰姑娘。

2005年，参加了长治市赵树理研究会的一个年会，见到了那么多还热爱着赵树理、研究着赵树理、颂扬着赵树理的人，这使我感到十分的震惊！我只道秋风已凉，人们都该做下一年的考虑了，我全然没有想到，在这里，尤其是赵树理关注农村、关注底层农民生活的人文精神，被这群热爱着赵树理的人们，拥戴、铺张得那么宏大和坚定！这使我又一次深刻地感到，赵树理创作的方向——那种直逼弱势群体生活的底层、关注生活底层人群的心理感受，细心倾听、考察底层人群的痛苦和诉求的"一枝一叶总关情"的举动,已经远远超出了杜甫的"惟歌生民病,报得天子知"的境界,而且,越到后来,他越是用他的民间立场,有意无意地来消解国家意志对农村的干扰。他1958年发表的《锻炼锻炼》就委婉地对当时的农业合作化运动提出自己的批评。要知道在当时的形势下,这是一种非常危险的做法,弄不好会丢掉自家的性命的。然而,赵树理却用他的大义和良知,竖起了一个文艺工作者应该持有的旗帜:赵树理将民间文化、民间立场作为自己的安身立命之地,巧妙地将民间文化、民间立场同上级要求的政治工作结合起来,把很多"问题"提炼成人物的形象和写作的主题,委婉地表达了他对现行政策的意见和看法。

艺术所需要的道德形态,是具体可感的世俗常情。他因此而塑造的许多栩栩如生的人物,成了中国新文学画廊里带有时代烙印的经典性的人物。如:一提起"小腿腿""吃不饱",人们就会自然而然地想到那个荒唐的年代。有人说,作家天生就是一个社会批判者。这是对的。社会是在批判中进步的。社会也是在无谓的赞扬中沉沦灭亡的。

杨根红:在新的时期,你非常关注三农问题?听说你经常到乡下走走,农村的朋友也很多。

索鹏祥:对于三农问题,多年来我有极度的关注。一是我生在农村,长在乡下。对于乡村的人、事、风光,虽然常常被饥饿浸染,但深藏在它深处的安谧和美好,越是远离它,就越对我有吸引力。40多年来,我曾无数次地行走在家乡的小路上,在叔父们的小屋里,我倾听过他们对生活的美好憧憬,在春种的田头我也曾无数次地倾听过乡亲们撕心裂肺的诉求……

2004年,我在写给友人的一封长信里,表达了我对农民兄弟近年里遭遇的情况的忧愤和敬佩:

"工人农民,这些昔日的社会主力军,却在各种'改革大潮'的冲刷下,成了'边缘性'的人物。他们生活在社会的最底层,遭受着最不平等的待遇。但面对苍天,他们不得不以最无奈的心情调侃种种恶运;面对现实,他们又不得不以最坦然的心境对待生死财劫。他们的心声是:有碗饭吃就好;不受欺辱就是他们最好的企盼。总之,活着就好。纵然，天之道是'损有余而补不足'，人之道是'损不足以补有余'，但他们绝没有那种'来世不想再做人'的诡谲的论调。尤其是农民兄弟，他们面对生活，该受苦时就受苦，绝不怨天尤人；该婚嫁时，就高高兴兴地婚嫁，享受现时的幸福；该生子时呢，就认认真真生子。纵然，他们对孩子的全部教育都是如何让别人用起来顺手，日后受重视，受欢迎，因而显得眼光浅短，但他们最美的梦却是子贵父荣，若日后能跟着儿子进城看看那花花世界，就是没有白辛苦一场；若能跟着儿子在城里的大饭店吃一碗牛肉面，也能令他们回味好几天。"——这就是中国农民！

就是带着这份感动，带着对赵树理大师的崇敬，2005年的一个春天，我在一个只有9平方米的阁楼上开始了我的长篇小说《我是农民》的创作。我只用了半年多的时间就完成了初稿。我觉得那时我的笔下言语非常流畅，过去那些年间耳闻的、目睹的、心想的、手记的人物和事件都成了我书写的情景、情节，我着重于宝珠这个人物的塑造，学习了赵树理很多的艺术手法，赵树理的民间立场、民俗情调、民生场景都给我的文笔以优美的滋润。

我知道，在中国文学的历史长河中，单是现当代文学中的农民形象就有不少，而在我国文学画廊里成为经典的，有鲁迅先生笔下的闰土、阿Q，有赵树理笔下的小二黑，有柳青笔下的梁生宝。鲁迅笔下的阿Q勾勒的是中华民族的灵魂。柳青笔下的梁生宝那是50年代党在农村的先进代表。梁生宝的献身精神处处显示出那个时代的崇高和英雄主义。《我是农民》中的宝珠只是一个农民。他没有什么政治背景，没有附着任何人的希望和寄托，他凭着一种良知和兴趣活着。改革开放更使他成了一个失去土地的"自由农民"。率性而为就是他们的生活方式。

梁生宝们生活的年代是中国政治最神圣的年代，吃苦、承受崇拜，成了他们精神世界最重要的东西。因此，神圣和崇高在他们的内心里是比什么都经典、都重要的东西，甚至连苦难和死都觉得是神圣的。

宝珠生活在中国政治逐渐消解的年代。当年的神圣性、经典性到如今都受到极大的消解。幽默和调侃成了他们消融神圣压迫的有力武器，他们心中的经典已融入了很多普通的日常生活的内容。但助人为乐的品格,撑足场面的虚荣,还是深深地镶嵌在宝珠们的骨子里的。所以,他们一边生活,一边找乐。对于苦难,他们一边承受,一边笑谈。事实上,即使是承受,他们也充满了一种察言观色的狡黠。

所以,农民在解决温饱并逐渐摆脱土地的束缚后,精神的解放就激发起一种强大的生命欲望!面对悲苦不惧,有了压迫就敢反抗,敢乐敢笑敢哭敢闹。随心所欲,率性而为,就成了他们生活主要的色调!

杨根红:以我看来,无论是在山西还是在中国,农民问题永远是中国革命和改革的大问题!他们太重要了,谁也不能把他们小视;但他们也太清苦,太需要救助了!你们可以站在他们头上拉屎拉尿一时,但你永远也不能把他们从历史上抹掉。他们以自己奉行的那种多少有些浅薄的乐观主义,看待世间的一切。他们不畏凄风苦雨,活着就好;他们破帽遮阳敢过闹市,读书也能识出古趣;他们亲近未来,却也敢和现代玩"片段";他们乞求好运,又因为无助,便信鬼神;若是苦难压来,便独自抗着,很有些"伤心不独为悲秋"的意味了。哀其不幸,但你又不能去怨其不争,他们,真是令人感到无奈又令人觉得可敬。

杨根红:在举国上下纪念改革开放的今天,你的长篇小说《我是农民》的出版是适时的,这为我们透视当今农民生存境遇提供了一个窗口,也为如何建设社会主义新型农村留存了史料参考价值,同时你的温情的叙事姿态也为当下作家如何以文艺践行社会主义核心价值体系树立了一个标本。在中国的历史现实语境中,农民始终是国家的主体,如何科学、合理、有效地解决好"三农问题"依旧是国家实现长治久安、稳定和谐、民主富强的重中之重,我们当下的作家应该关注什么?你的文学作为无疑具有一定的启示意义。

索鹏祥:"文章千古事,得失寸心知。"《我是农民》虽然得到一些好评,存在的问题还是相当多的。有人说过:一个作家要想写出好的作品,一是文字要美,二是境界要高。所谓的境界高并不是喊几个高调就能构成的,那需要极高的文学修养,锐敏的哲学思辨,练达的人情,洞明世情的睿智,而且还会在社会疼痛的地方去认识社会。事实上,中国现代化转型以来,乡土中国在文化情感、生活方式和心理结构方面的变化已构成了一个巨大的矛盾存在,很难以用一个简单是非对错来判定。

正像刘璐生先生在他的文章中指出的:"《我是农民》以鲜活的人物形象,起伏跌宕的故事情节,富有思辨色彩的语言,诠释着作者对于农民的血肉关爱和对于农民悲剧的悲悯激愤之情。……可以说,《我是农民》在揭示当代乡村社会矛盾、书写城乡差别、刻画乡村人物、追寻传统文化诸多方面都做出了有益的探索……"但是,"用一种永远是那么朴素简单的道理来对我们这个复杂的世界、复杂的人生进行解答,其实是不可能的。《我是农民》让我们想到的也不仅仅是一个走出(逃离)农村又返回农村的问题,如果社会发展了,农民的生存生活条件变了,关于农村、农民、农业的观念也一定会变,'乡土'这两个字的含义也会变……从这样的视觉来看,宝珠面对现实的迷茫,其实也是作者的迷茫。"

时代在前进,社会在变革,但是,社会得以传承的东西将以它顽强的生命力在日后的时间里彰显它的光辉。赵树理的人文精神也将以他彰显的民族特色,感召后世。我们都会接过赵树理的旗帜,在新的时期、新的条件下"且以新火试新茶"。

杨根红:《我是农民》出版后,你又构思写作了她的姊妹篇《裸奔的乡村》。

索鹏祥:在《我是农民》中,裸农宝珠为保卫姚村村民的土地,同前来护驾的警察发生严重的冲突,在警察的追捕下宝珠逃离故土,躲进市区,颠沛流离,救过人、打过工、替人顶罪住过监狱,大起大落,经历了很多颇带传奇色彩的生活际遇。但他不忘乡亲,不忘失去的土地。作品塑造了宝珠、武二、吴老板、丁然、柳叶等生动活泼的人物群像。

在其后创作的姐妹篇《裸奔的乡村》里,宝珠在刘贵生的多次邀请下回乡参加了村主任的竞选,艰难地当选以后,不负众望,为建设美好的乡村,把乡亲的痛苦看作是自己的痛苦、村委会的责任。关注和操劳更多的是那些日常琐碎而繁杂的民生问题。始终认为心灵的温暖比什么都重要。他赡养照顾孤寡老人,资助贫困村民就医看病,处理村民家庭纠纷,出资厚葬遭车祸身亡的夫妻,尊重民俗修庙盖宇,到派出所去认领因偷盗被抓的姚村年轻人。仗义而出,帮韩白露捉奸。不计前嫌,到监狱里看望把村子里闹成一塌糊涂的前任村长,理解与谅解中得到了当初非法买卖土地的第一手证据。宝珠自信而坦然,居然组织了一个"有反对派在内的监督委员会",让他们光明正大地收集、批评村委会不正确的做法。为了姚村的青山绿水,鞠躬尽瘁。

依旧是为了保卫土地,宝珠带着从前任村长那里得到的证据出门上访,莫名失踪。与《我是农民》中的离家出走相比,宝珠的这次失踪,更加显示出围绕土地所进行的斗争的阴酷和凶险。

宝珠以普罗米修斯式的献身精神孜孜以求的,正是普通人终极意义上的幸福和梦想。

杨根红:文学是什么?

索鹏祥:杨振宁博士有一句名言,他说:"科学是把糊涂的事弄明白,文学是把明白的事弄糊涂。"这真正是把文学的奥秘用最精辟的话语说出来了。这个"弄糊涂"却有大学问,它是包含着作者对社会、对生活的深刻感悟,是对世事的洞明,是对人情的练达,以及对文学艺术形式的巧妙应用。直白是文学的大忌。

我从小生活在乡村,对乡村社会、对农民、对乡下的亲朋好友有一种特殊的关切。童年时对乡村社会的诗意理解,一直是心中最美好的记忆,一直引导着我对农村和农民的关注。我心中的最美好的人物,最美好的故事,最美好的形象,最文采的诗意都和农民、农村、田野、河流、山川紧紧地联系着。

1967年我从长治师范毕业,分配到长治粮机厂主办的建设中路小学任教。工作之余,我觉得在书中看到的美好的心灵、美好的故事、美好的人物、美好的风景,激烈地挑战着周围的丑恶和卑劣。这些美好的东西印着我孩提时就想的美好的事,使我再勇敢地拿起笔,开始了人生的第一部长篇小说的创作。我没明没黑地写作,我时刻都被我心中的美好人物、美好的故事、美好的风景激励着。经过两年多的努力,40万字的小说初稿完成。这是一部以上党战役敌我双方"寸土必争"为序幕和导言的小说,在正文里,我列举了大量的事实,全面地反映了在和平时期农村中社会主义与资本主义在思想和土地领域存在的尖锐复杂的"寸土必争"的阶级斗争、思想斗争、路线斗争。并且预言,这是一场长期的战斗，不到阶级消灭的那一天，这种斗争就不会停止。呼应了八届十中全会提出的"千万不要忘记阶级斗争"的号召，书名就叫《战争》。

在这部作品里我极力地想把乡村里很多不明白的事情弄明白，大量叙述，直白的告诫，生怕读者不理解作者的意思。

老实说，这是一次失败的创作，图解了当时的政治口号，杜撰了各种各样的斗争，其实都是些虚无缥缈的东西。我试图表现的美好的心灵、美好的故事、美好的人物、美好的风景都被杜撰出的阶级斗争、思想斗争、路线斗争歪曲、撕扯得没有了美好，没有了人性。我本人也因过度用功，心力交瘁，大病一场，七载寒暑，书不能读，字不能写。

七年后，病情好转，我放弃了长篇小说的创作，利用当教师、校长、教育处处长兼党支部书记的空闲，开始写些真情实感的散文随笔，加上20世纪80年代的思想和文艺领域的解放，我敢于在文章中流露出自己的真情实感，所以在20世纪80年代里，我写了大量的带有真情实感的散文、随笔。1996出版了散文集《多雪的春天》《陶然庄散叶》，成为长治市最早出版散文集的业余作家。从2005年起我把多年积累的对农村和农民的认识细心地打理了几遍，发现了很多激动人心的东西，于是开始了第二部长篇小说《我是农民》的创作。我接受创作《战争》时的失败教训，在题材的选择、人物的构思上，学习传统而不囿于传统，以塑造新型人物为重要任务，摈弃过一些华而不实的西方思潮影响，学习赵树埋，又不拘泥于赵树理的创作方法，放眼世界，专注现时。因为，"文学艺术作为一种精神劳作必须有点化历史，呼唤神圣，普度众生的全部主动性和活泼性。如果仅仅是被动的再现，即使生动也有负于使命。"（余秋雨语）

杨根红：你在1996年就出版了两部散文集《多雪的春天》《陶然庄散叶》，你对散文的写作有何感想？

索鹏祥：我写散文把握着两个原则，一个是要有情。失去真情散文就消失了。散文不是靠故事来吸引人，不是靠典型的文学形象，它靠的是情绪的感染和思想的启示。另一个是又要有趣。这个"趣"却是很难得。需要你对记叙的事情细心地体察，巧妙地打理，当然语言的修炼更主要。所以，散文的写作其实比作小说还难。如果说散文是抒情作品，那么别林斯基说过："抒情作品仿佛是幅画，但主要之点实则不在画，而在于那幅画在我们心中所起的感情。"

以我发表出来的这批文字而论，我的创作世界大体是，以个人意绪和客观事物相互交叉作感发的启示小品，自觉地试图以美学眼光观照自然世界，记录现实生活的美学情致。

在我的散文创作中，只要稍微留心，你就会感觉我似乎拥有一个小小的创作素材库，这个素材库不是在一般社会性交际中酸甜苦辣咸人生五味的情感智慧的储蓄，而是我赖以奔波生活、劳作起居、缓息身体、养练心境的那个小小的温暖和睦的家庭。这里没有一件惊天动地的事情可作谈资，但在我的娓娓寡谈的叙述字里行间，却显示了我那么迷深的眷恋。驾驽惊涛拍岸的大格局大场面，似乎不是我所擅长，然而一旦要调派那漫长生活中跳跃的浪花，即刻就显示出一种跃跃欲动、系情于斯的异样活力。

在《多雪的春天》，我力求把真理和风趣结合在一起，我认为，趣是山之色，水之味。有句名言"情必近科痴而始真，才必兼乎趣而始化"。无论写花写草、记人记事，我努力写出美好的人性，写出乡土的味道，写出了人格的担当，自然也吐露出充满忧患意识的心迹。

在《陶然庄散叶》里，我学习鲁迅的犀利的思想和语言风格，把哲理、思辨、幽默、文采和诙谐熔于一炉，在款款的表达中抒写了作者对生活、对社会、对事业、对爱情的探索和针砭，忧思中透露出真诚，热烈里也显示着一种冷峻。寥寥几笔，熔艺术、文采、诙谐、讽刺于一炉，巧妙地将自己的个性、风格、情怀凝聚其间，淋漓尽致地表达了我对生活的呼唤和执着追求。

杨根红：你是怎么爱上文学的？

索鹏祥：有两本书，让我刻骨铭心；有两件事，让我动心；两次批判让我坚定了信心。

在我的记忆中，我似乎很小就喜欢文学。稍大后，就幻想着当个什么作家。因此吃饱饭后，就常想文章，觉得很有情趣；饿极了的时候，也想文章，心下思忖，若苍天能赋我一支神笔，写出一部巨著，换个百十千元来,哪里还用这样整日挨饿?但不行,我还有很多中国字不认得。愁得我整夜整夜地睡不着。

记得大哥那时有本《红旗谱》,二哥有本《钢铁是怎样炼成的》,他们整日抱着看,从不让我摸摸。我从心底里恨他们。趁他们下地劳动的工夫,我就从他们的枕头底下偷出来看,估计他们快回来时,我就小心地放回原处,半个月没出破绽。说真的,那两本书我不知翻了多少遍,有些精美的章节,我能一字不漏地背下来。

有一天,我得意地对大哥、二哥说:"你们的书我能背下来。"他们不信。我就闭上眼睛哇哇地背。惊奇得他们不住地惊叫。那是我对他们的第一次绝对胜利。

还有一件事我没有敢和二哥、大哥说,我悄悄地压在心底,蜜似的甜。那就是《钢铁是怎样炼成的》里冬妮娅和保尔在湖边相遇的那幅插图和那段颇有情义的对话,太令人感动了。那时候,村里有一位很美丽的姑娘,我很喜欢她,她也喜欢我,我梦里做过很多烂漫的梦,我当时就有很多冲动,想将来一定写本书,把我的美好写进去。

大概是1959年的暑假,我由于对文学的痴迷和爱好,把赵树理的这篇小说带到田间地头读给休息的大婶大叔们听,大家仿佛是听一个民间说书人在乡场上讲村里的故事一样,兴致嫣然,的确做到了"老百姓喜欢"。然而,当我读到"小腿疼"的种种表现时,人们的目光都集中在我的一位本家大婶的身上,我发现我大婶的脸红了。而当我念到杨小四诱民入罪的情节时,人们又把目光盯上了我们的生产队长。事后,我的大婶背着人悄悄拉住我的衣袖,带着几分愧疚和不满对我说:"三兄弟,你,你怎么把我弄到书里了,咱自家人还说自家人的不好?是队长不公平!我腿疼,我也只是想缠缠你叔。"生产队长干脆指着我的鼻子说:"你小子是吃饱了撑的。你不是个吃不饱。"当时就把我弄得晕头转向,尴尬无比。我想,赵树理写的事情怎么也映到我们村里去了?

事实上,赵树理用极具个性细节的现实主义写法,真实地描绘,加上幽默风趣的叙事语言,使得他塑造的人物有一种极其典型的意味和效应,没有刻意地雕琢,却用日常口语话的叙事,逼真地描绘出农村日常生活的细节,像村前的那股随意流动的小溪水,虽然小得有些令人心酸，却是自然清澈，魅力无穷，趣味无穷。

后来稍大，懂得了些文学常识，就以张支书为模特，以"楼上楼下，电灯电话"为理想，写了个激情洋溢的小剧本。情节和题目都记不清了。但剧本的倾向绝对是歌颂三面红旗的。因为满贵在大街上喊的那句"共产主义就要来到了"的话实在对我的震动太大了。我沉浸在一种难以言说的狂热中，只觉得那时候，没有忧愁，只有激动，没有苦难，只是有些饿。但父亲说"饿虽饿，都这样"——毛主席的政策绝对得到了我父辈们的一致拥护。"不患贫，患不均"自然也是乡民们的心愿。

稿子写成后，揣在怀里，却有些为难了，一是不知道写的东西像不像剧本，二是不知往哪里投稿。有一天，我把这为难讲给大哥、二哥听，大哥、二哥很惊奇，说："三弟行呀，还会写剧本！"我很自豪。但"三斑出一鹞"的话在肚里倒腾了三遍，也没敢说出去。说实话吧，我那时已弄懂了斑和鹞的关系，我自然以鹞自居，把大哥、二哥悄悄划到斑鸠一类。

大哥、二哥接过剧本用心研究了两天，他们给我改了好几段歌词，用我们那儿的上党梆子戏的韵调唱出来，还怪动听的。我们哥仨像三只斑鸠似的咕咕呶呶地哼了三夜，你争我辩，搜寻着肚里的好词往上边填，都觉得做着伟大神圣的事业，热气腾腾的，颇像一项引导万民达于幸福彼岸的伟业！

稿子清清楚楚地誊好，封起口了才想起没有写上作者的名字，不禁一阵暗笑。又拆开来。哥说："写三弟的名。"我觉得不能这样去当一只鹞，说："都写上。"大哥、二哥怪不好意思的。好在我努力坚持，大哥才提起笔来，在那稿子的题目下十分认真地写了三个人的名字：三毛，二毛，大毛。惴惴不安地装进信封，像装进了三颗激动不已的心。

后来才知道，稿子投出后，编辑部写了很长的一封信转到了县委。县委批示到公安局，公安局就派人随同工作队进村来追究落实，摸清背后的政治内幕，以此打开该村的四清工作的局面，清思想、清经济、清政治、清组织。

工作队把我哥仨叫进大队部，审问谁的主意？我说是我。随即把我推进一屋子里。我在那个小黑屋子里静静地蹲了一天,天擦黑时才把我放出来,心里郁郁地像拢着一团愁云。我们都怨父亲起名时没有政治眼光。很显然嘛,我们出生时毛主席领导的中国革命大军已如火如荼地在全国取得节节胜利!活该是个中农!活该是个"教育对象"!父亲吓得浑身打战,当晚悄悄溜出村子,跑到邻村我姑姑家。那里还有三只猫(毛):常毛,贵毛,小毛。若这六只猫(毛)管不好,岂不是要祸连九族?

这场变故把我们打得晕头转向。张支书也因阶级界限不清,利用中农的力量,大树个人威信,沽名钓誉,被革去支书的职务。这使我们感到极端不平,觉得很对不起张支书!我们哥仨从此再没有敢议论过投稿的事,心里沉甸甸的,凝视着风云变幻。以后大哥改名清孝,表示忠诚;二哥改名清祥,图个吉利。我的一位语文教师很喜欢我写的文章,建议我改名叫鹏翔。鹏程万里,凌空翱翔。说实在话吧,这名字虽然有看好前程的乐观,然而,我心里早存了"入则心非"的不满,总想有一天恢复原名,让乡音伴着我迅速成长!

1964年秋天,我考入长治师范学校,还在一个班级里担任团支部书记,对团支部的工作我很卖劲,但我更感兴趣的是长治师范学校里的那个图书馆,我从没有见过那么大的图书馆,也没有见过那么多的书,我在图书馆的那个大厅里悄悄地坐了三个下午,没有敢走到那个借书的窗口,我不知道该读什么书,我在那个借书的窗口呆呆地看了好几天,发现书库里有《红楼梦》,还有很多我听说过的名作家的书,这激发了极大的阅读兴趣,我在课余时间拼命地借阅各种小说,各种杂志阅读。终于有一天我鼓足勇气借了一部《红楼梦》,这是我第一次接触这部书。《红楼梦》的巨大的艺术魄力把我紧紧吸引。我不敢告诉任何人,只敢夜里点着我自备的一盏小油灯悄悄地读。图书馆的王翌老师非常喜欢我的阅读精神。他对我说:"喜欢就用心看吧,好书可多哩!"那时,虽然社会上已经是"山雨欲来风满楼"的时候了,他还悄悄地把当时已遭到社会批判的所谓大毒草《静静的顿河》《被开垦的处女地》借给我阅读。受益匪浅。我至今也非常感谢这位王熠老师。"文化大革命"中有人批判他四处贩毒,贩卖封资修,借他书的一位女生还声泪俱下地揭发他毒害青年，我什么也没敢说。因为太痴迷了，所以没有注意到时局的变化、社会气候的变化。我还痴迷地对我的一位好友说："我想写部书，当个作家！"

第一学期快结束时，我不知道为什么我说的"想写书想当作家"的事情让学校党支部、团总支知道了。在此之前，没有一位老师，没有一位领导找我谈过话，或有过规劝，没有。似乎是在突然间，我在全校受到师范学校团总支的严厉批判，撤销了我在班上的团支部书记职务，并定性为"打着白旗走白专道路的团支部书记"。那一年身心受到极大的摧残。这是我继"投稿"事件后人生受到的第二次政治"洗礼"。

批判是严厉的，突然的，疾风暴雨式的，那时候我想到了死，但是我舍不下心中那些美好。看着批判大会上那些愤怒的眼睛，我知道不该不看时风埋头看小说。我想求助我的那位姓徐的班主任，我在他面前痛哭流涕地检讨，然而，我没有看到他有一点保护我的意思。后来我才知道，"运动"就是他发动的。

虽经历磨难挫折，但对书籍和写作仍是"贼"心不死。批判再烈、再火，也没有把我心中因读书留下的那些美好的东西抹掉。在那个班级里我是个极度孤立也极度孤独的人。人们都被我的白专旗帜、白专道路吓怕了，很少有人和我交往。我也不敢再借书看了。

1965年在实习之余，受一位姓苗的新的班主任的鼓励，我为班级的迎国庆演出创作了一个小品剧，参加了全校的国庆演出，受到了师生的好评，我的孤立才稍有些改善。当时长治师范有位老教师叫刘重，他是从中国《少年文艺》编辑部下放下来的一个"大右派"。他很看重这个小品剧。专门找我谈了话，提了他的意见和看法，要我重新改写，扩大内容，加重戏剧的分量。后"文化大革命"开始，未能如愿。

杨根红：我还要忍不住再一次问你，文学是什么？

索鹏祥：文学是生命的自救！是文学使我的生活充满着无限的憧憬，是文学和写作使我的生命充满着无限的活力。每有写作，我会感觉到我的心身有一种特别的愉悦，我把我的苦恼，我的欣喜，我的忧愁，我的欢乐，我的愤怒，我的彷徨，我的迷茫，以及我的内疚和谴责，蘸着时代的烟雨书写在我的书卷了。作家李世钧，读过我的大部分文稿，他在"题索鹏祥《陶然庄散叶》散文集"里写道：

一键踏入陶然庄，姹紫嫣红好风光。
应知此名非浪得，苦乐笑骂皆文章。

这几十年来了，我心怀着无限的美好，笔耕不辍，多种文体兼顾，先后出版了散文集《多雪的春天》《陶然庄散叶》《夕照烟雨》、长篇小说《我是农民》《裸奔的乡村》（待出）以及诗集《我有迷魂召不得》等，记文字两百余万。

我的散文，情真意切，文笔优美，把叙事、思辨、哲理、诙谐、深情融于一种款款的表达中，读来感人至深。

我的诗歌婉约清丽，集传统诗歌温柔敦厚和现代诗歌的率直和自由于笔端，长于抒情又充满思辨。

我的两部长篇小说《我是农民》《裸奔的乡村》（待出），人物性格鲜明，语言风趣幽默，行文叙事如行云流水。我以敏锐的视觉和强烈的社会责任感，巧妙地把农民问题置于改革开放这一宏大的历史变革中，塑造了宝珠、武二、刘贵生、满贵、万米贵、韩白露、吴老板等一系列栩栩如生的人物形象，倾注了我对社会、对农民兄弟极大的人文关怀。

杨根红：这次访谈获益颇多，谢谢索老师！